# 記憶林

——秋笛文集

菲律賓・華文風 叢書 ⑳ （散文）

秋笛 著

楊宗翰 主編

# 目　次

## 第三輯

## 第四輯

# 第一輯

生命中有許多飄蕩而過的雲靄，不管它是烏雲

或是彩雲，我們是不是應該好好去珍惜那短暫的片刻？

# 母親，您的手好冰冷

　　我坐在病房的塑料椅子上，耳邊那有節奏的聲音不停地響著，這聲音已經陪伴母親整整一個星期了。假如母親能說話，她一定會讓我們把那助吸器給關掉。只是，母親，她已無法反抗了。

　　病床上，母親的左眼仍然微睜著，我站起來步到病床邊。母親的額頭微溫，胸部輕微起伏，被針打得浮腫的雙手仍然是那麼冰涼地安放在胸前。昨夜老么來時，他雙手緊握住他外婆的雙手，企圖讓自己的熱氣改善外婆冰冷的雙手；結果，他很難過地把手放鬆了。

　　我伸出手，放在母親冰冷的手上，輕輕地唱著母親小時候學過的詩歌，《主耶穌愛我》，希望我的歌聲能打破助吸器單調的聲響。我唱了一遍，再唱一遍，又唱一遍，這一次我把主耶穌愛「我」改成主耶穌愛「你」。唱了幾遍，不知母親是否會聽膩了？我換了一首歌來唱，母親年輕是否唱過，我不得而知；但詩歌是閩南語，母親一定聽得清楚。

　　有人緊迫地拍著我的後背，我知道那是姐姐，我回轉身看她，她指了指助吸器的監視器，監視器上的號碼忽高忽低，姐姐趕緊到外面找護士，護士與駐院醫生立刻趕來，這裡聽聽，那裡看看，最後拿來一瓶兩千多元的藥水來輸入母親的點滴中。這一星期來，這是第幾瓶了？

# 那雙牽引的手

　　上星期在緊急救護室裡，醫生已經把最壞的消息告訴了我們，然而，我們還是希望有奇蹟發生。剛才，醫生又一次要我們有心理上的準備。

　　我悄悄地退到天台上去痛哭。母親，我捨不得您啊！

　　這一星期來，監視器上的號碼一直很穩定，今天儘管打上了藥，那號碼仍然跳動不停；心底處，我知道，母親就要離開我們了，但她不會現在就走；因為她在等待，等待那唯一的孫兒和三個玄孫，他們的飛機就快到了。

　　「阿嬤，我來了。」侄兒叫了好幾聲。

　　母親的右眼好像有點濕了。他們待了一會兒，我要他們到我家用晚飯。

　　可憐的侄兒，他本是要利用春假帶妻兒回來與祖母歡度幾天，沒想到祖母卻在他們離開美國之前住進了醫院。

　　用完飯，我的手機響了……

　　母親，您的手好冰冷。母親，原諒我沒好好照顧您。

　　「主耶穌愛你，主耶穌愛你，主耶穌愛你，有記載在《聖經》……」

　　母親，願您安息在神溫暖的懷中。

　　母親躺在那兒，那雙我幾天前握過的冰冷的手安放在胸前，母親終於歇下一生的勞碌，回天家休息去了。

　　母親那雙手浮腫，是一個星期來打滴的結果。那雙浮腫的手，曾經為我們編織了多少美好的夢，也為我們鋪好了幸福的前程；然而，母親，我們卻未能讓您享受幸福的晚年。

　　母親與父親雖是青梅竹馬，但婚後的母親，並不曾得到婆婆的寵愛。

　　母親經常含著淚告訴我們，祖母，像一般封建時代的婆婆，經常虐待她唯一的媳婦，我的母親，和一位養女。

　　母親是外公的掌上明珠，在家要什麼有什麼，嫁為人婦時卻毫無怨言地做著家事。每天清晨，她隨著那位養女一起汲水，掃地，洗衣，擦地板，樣樣都做。父親來菲工作，蓄了一筆錢，辦了手續要讓母親來菲，祖母卻一再反對、攔阻，直到有一天晚上，祖母夢見了外公、外婆，祖母終於允許母親到菲律賓來與父親團聚，母親說，是外公外婆在天有知，向祖母顯現。

　　小時候，家居唐人區，每天黃昏，父親常帶我們全家到黎剎公園，或者馬尼拉灣散步、乘涼，母親那雙手就牽著我在草地上散步，走累了，母親就抱著我，或者讓我坐在石椅上。

　　父親白天生意忙，母親常到Divisoria市場買布料。那年代，市場上有進口的零碎布料，以公斤賣給消費者，母親買了一大包布料回來後，一件件拿出來，哪一件布料適合哪一個，她分配好，用紙包起來。幾天後，母親就坐在縫衣機前為我們縫衣。我呢，不是坐在縫衣機旁玩，就是坐在縫衣機前的窗口上看街景。

　　母親不曾上過裁縫課，卻能縫出美好的衣服。看到朋友衣服的款式好看，不多久就會為我們或自己縫出同樣款式的衣服。

　　到了該上學的年齡，父親送我到一家天主教學校，我怕穿著黑袍及地的修女，哭著不肯上學，最後，我被送進一所類似現在

的幼童園上課。起初，我仍然哭著不肯上學，慈祥的老師允許母親坐在大廳上等我，我終於安心地上課去了。每天早上，母親的雙手為我理髮，把長長的頭髮編成兩條辮子，佩上母親親手做的蝴蝶結，高高興興地上課去了。

　　坐在大廳上等待著的母親，雙手就不曾閒過，她的雙手一針針地為我們織毛衣。

　　我結婚時衣櫃裡的衣服，十有九件是母親親手為我縫的。現在，在我的櫃子裡，還有母親為我鉤織的床罩。這一條床罩我都捨不得用，那是母親的心血鉤織而成的，我不忍心弄髒、更不願弄壞了它。

　　母親的那雙手也曾經鞭打過我，只因為我驕橫，只因為我偷懶；但，母親的每一鞭落在我身上時，她的眼淚也隨著滴下來。母親，謝謝您，沒有您的鞭打，就沒有今日的我。

　　母親，您冰冷的手將伴著我走完人生的坎坷路。

　　母親，安息吧。

# 鑲嵌的記憶

放假後的這些日子，幾乎每天都要回娘家。父母已先後離我們回天家去，留下一棟房子，裡面堆放了好多東西。母親在世時我們誰也不敢去動那些東西，那些我們視為廢物的東西，母親卻總要留著，說總有一天用得著。現在兩位老人家都不在，收拾房子的「重任」就落在我和外甥女的身上。

坐在矮凳上，收拾雙親的遺物，好多往事都湧上來，那裡面有多少歡笑，多少淚水。在取捨之間，更是令我們不知如何處置。

母親一生勤勞，自我懂事以來，母親的時光幾乎花費在縫衣機前。我們的衣服，都是母親一針一線縫製的。縫衣剩下的零碎布塊，母親那麼耐心地一小塊一小塊地縫合成一條大床單或棉被套，晚上，我常伏在棉被上，看著那鑲嵌的圖案，找著熟悉的布塊，哪一塊是我的衣服，哪一塊是姐姐，那段歲月是多麼溫馨愉悅。

母親也是收集廢物的專家。家裡除了一箱箱的零碎布塊，櫥櫃裡還有各種紙袋，紙盒，父親要把這些廢物丟掉時，母親便會發脾氣，說好好的一件東西，為什麼要丟掉，收起來，總有一天用的著。父親又會責備母親說櫥櫃裡滿滿的廢物，新買來的東西又要往哪兒放？兩個老人家就經常為了這些小事而鬧意見。

現在翻箱倒篋地收拾東西時，發現一包包的棉紗布，那是我那開紗廠的乾姐把她場裡剩下的，送來給母親的，母親看到這些

東西，很高興地說她可以縫接成床單什麼的，而坐在一角落看報紙的父親只能皺起眉來搖起頭。如今面對著這些東西，我們只能橫下心把它丟了，但願母親在天之靈不要責怪我們。

母親可真會收藏東西。幾天前，在一個小包裡，看到了幾個髮夾，其中一個，竟是我小時候用過的髮夾！拿著它，我想起了母親為我梳頭結髮的那雙手。我好想能再次握住那雙溫暖的手！

望著一大堆的東西，我真的不知該如何取捨，畢竟它們是我生命中一片鑲嵌的記憶。

# 一條絲巾

一條絲巾，一條粉紅色的絲巾，那是我在娘家一個麻袋裡看到的，它和一些廢物被裝在麻袋裡。那天，我回娘家重新翻看那些廢物，決定它們的去留時，它悄悄地露出了頭讓我看見了。一見到那似曾相識的它，腦海中立刻浮起一段遙遙遙遠的往事……

那時候，我小學尚未畢業，暑假跟同學、鄰居去逛街、看電影。那天，我們在唐人街看完電影，打算步行回去。路過幾家商店，我們免不了要進去看看。

那是一家小商店，陳列的全是女孩子最喜歡看的東西，我們在裡面東邊看看，西邊摸摸，可什麼也沒買，因為那些標價不是當時的學生買得起的。

那年剛在流行電燙百折絲巾，我在那些絲巾前留連著，我看上了一條粉紅色的絲巾。可能是喜愛的心情從臉上流露了出來，那售貨小姐一直要說服我買下，我微笑著搖搖頭走開了。

步出了那家小商店，我們又到別家商店去逛逛，但腦海中還是念念不忘那條粉紅色的絲巾。

暑假已盡，我們各回各的學校去了，能相聚的時間也只有周末；遇有考試，大家都躲在自家的房子溫習功課，哪有時間再相聚嬉笑？

是我十二歲的生日，母親說我小學就要畢業，以後轉校的轉校，相聚的機會似乎更少了，於是要我請了幾位好友，大家在一

起吃吃喝喝，談談笑笑。那天我們玩得可真高興，別看我們是一群將要小學畢業的小女生，玩起來可也不輸給男生。我們拿了橡皮筋、「紙」彈什麼的，在我的臥室、我家的客廳互相追逐，笑聲、叫聲在屋子裡蕩漾著……

朋友們回家了。收拾完臥室、客廳裡的紙屑後，我拿起朋友們送給我的禮物，一包包慢慢地打開來。朋友們送來照像簿、鉛筆盒、信箋、圓珠筆，就在一個小小的盒子裡，那裡躺著幾個星期前我在華人區看到的那條粉紅色的百折絲巾，還有一條長長的普通的細花絲巾，是那天和我一起看電影、逛商店的那群朋友送給我的。那時，我心裡好感動。

第二天，把粉紅色的絲巾繫在長髮上去上課，我問送我絲巾的朋友：「好看嗎？」

「當然好看！」

「是我的好朋友送我的。」

「誰啊？」

「不告訴你。」

我們嘻嘻哈哈地大笑了起來。

媽說的沒錯，畢業後，好多朋友都轉學了，鄰居朋友也搬家了。那年代，我們好笨，記念冊上留著電話號碼，卻從來不會煲電話粥。就這樣，我們失去了聯絡，只知道有人出國，有人到外省……小小的生活圈子裡，我們都不曾再見過面。幾十年後的某一天，有人在級友會中認出我，可我卻不知他是誰；直到學姐告訴我那是她的另一半，是我以前的鄰居，於是我開始追想那遠去的童年，驀然想起他是當年好友的長兄！問起當年好友，才知她已比我們先回天家休息了。

一條百折絲巾，它折進了多少甜蜜美好的歲月？

# 污點

　　又是星期六，是我該回娘家打掃房子的日子，幾個月來，只要沒有重要的約會，我都會回娘家收拾母親的遺物。

　　母親離開我們已經一年多，望著那座空房子，總覺得空著有點可惜，租給人家的話，雙親留下來的一些美好的傢俱，以及大哥、大嫂的東西，我們真不知該如何處理。正不知該怎麼做時，有位近親在找房子，於是，我便決定把房子租給他，條件是，他們租一樓，二樓及三樓我們保留著，大哥、大嫂一家人回來時可用。因此，我們需要來個大掃除。

　　為了方便搬動，我們把櫥櫃裡的東西都裝進麻袋，搬上二樓，有時間再慢慢決定麻袋裡東西去留的命運。

　　那一大包、一大包的麻袋，每次打開整理時，才發現裡面有好多寶藏、好多記憶、好多溫馨。

　　小時候的髮夾、書包，兄姐的結婚照片，我們小時候的成績單、絲巾、手帕，都會勾起一段長長的回憶。

　　那天，我看到了一件女襯衣，包在塑膠袋裡，打開來仔細一看，是新的。可能是朋友送給母親，母親捨不得穿，就這麼收起來，很美的一件白襯衣，有紅、藍、綠的橫條，只是，歲月在它身上留下了斑斑的足跡，我把它帶回來，用肥皂洗，浸泡在洗衣液，放在陽光下漂白，幾天的工夫，還是沒辦法把那些污點洗掉，我只好放棄，本來想，若能把斑點洗掉，出門時還可以穿，現在只能在家裡穿了！

　　除了這件襯衣，還有幾件白T恤，都患了同樣的毛病。

　　我望著這些衣服，覺得好可惜！

　　這不由令我想起，一個人的一生，也像這件襯衣，出生時的那片潔白，在成長的過程中，被染上了什麼樣的顏色？是一幅美好的圖畫，還是斑斑的污點？

　　身為老師的我，傳授給予年輕的一代，又是什麼？有否細心地在他們身上留下調諧的色彩，或是那麼粗心地亂塗幾下就算了？

　　在自己的言行中，是否也留給別人一個正確的形象，或是毫不在乎自己身上的斑斑污點？這些污點，任你如何洗滌都沒辦法除掉了。

# 大中路73號

那時候我還沒上學，父親常把我叫到跟前，把我擁進懷裡，然後很慎重地對我說：「要記住，如果人家問你家在哪裡，你要告訴他『我家在廈門大中路73號』。」

廈門大中路73號。

廈門大中路73號在哪裡？我不知道，只知道我那位未曾謀面的祖母住就住在那裡，那裡還有我的伯母、我的堂姐，當然，我也只知道他們的名字而已。

年齡大了點，才知道那是父親幾十年來的血汗錢寄回中國給祖母買地產，建了一座三層樓的房子。但是，大中路在哪裡？廈門市是什麼樣子，我仍然不知道。

父親一直盼著有一天能帶我們回廈門的家。他想讓我們看看他和母親小時候走過的街道；如今，父親已安息多年，母親已近百歲，他們都沒看到他們朝思夜想的家。

八十年代我和外子第一次回廈門。那年父親不願與我同行。父親雖不告訴我他不願與我回鄉的原因，但我明白父親心中那份「子欲養而親不在」的心情。

八十五年，我第一次看到廈門大中路73號。廈門大中路73號底層是商店，二樓住的是誰，我不清楚，我沒有大包小包的「紅包」，也就沒有勇氣上樓去「認親」。

買回來父親要的「麥芽糖」，父親一邊嚐「麥芽糖」，一邊聽我細說廈門大中路73號的情況。父親嚐了兩口說：「不一樣了，不一樣了。」

九十年代廈門大改造，市容大改變，廈門大中路73號一帶被迫拆遷，我和姐姐去辦理手續，那是我最後一次看到廈門大中路73號。

拆遷處按著大中路73號的面積賠償了我們三座小房子，我和姐姐去過了，地點不錯，幾年來也發展得很快；但我對它卻沒有一種親切感。心中總是這麼想著：這不是父親心中的家；父親一向最不喜歡這種「無天無地」的房子。

最近幾年回廈門，都沒有去看看那幾座新房子；逛了中山路，但始終不想拐進大中路。父親多年的心血已不在，而我腦海中的廈門大中路73號卻永不泯滅的。

# 珍惜那時刻

　　人與人相處，真的是靠緣分。「流浪」過多家學校，相處相識的同事也不少，但是，有些同事，我就是沒辦法多和他交談，有些呢，即使只認識幾小時，卻會有一種似曾相識，相逢恨晚的感覺。

　　朋友相約喝咖啡，相聚聊聊天，我就有兩種感覺。不是讓我如坐針毯，恨不得趕緊散會；就是能在一起聊個整天整夜還嫌時光的腳步走得太快，臨走時，還盼望下次的約會就在眼前。

　　已經幾個星期過去了，碰到那天晚上一起唱歌作樂的朋友，大家心中都惦念著那天相聚時的歡樂時光。那天在一起的朋友，有的是新朋，有的是舊友，但是大家相處得那麼融洽。一支支的歌曲，誰想唱誰就唱，沒握麥克風的朋友喜歡唱，也就在旁邊跟著唱。一支支的老歌，勾起了一段段的往事。沒有大題論說，只是一陣陣的歌聲，那溫馨的友情就在歌聲中飄蕩著，難怪有人說：「音樂是國際語言。」

　　朋友唱著《星心相印》時，一段幾乎被淡忘的往事竟從我記憶箱中鑽了出來⋯⋯

　　還不是上課的年齡，父親那時候常有朋友來訪。吃了晚飯，父親和朋友聊天時，總喜歡把我叫到跟前，然後把我抱上桌子，要我站在桌子上唱歌。不知天高地厚的我，有時還會把姐姐的裙

子當禮服穿上，在長輩們的面前大唱周璇的歌。唱完行個禮之後，爸爸就會把我擁進懷中。

　　爸爸喜歡音樂；他沒機會學鋼琴，但在姐姐十六歲生日時，爸爸買了一架鋼琴給她。爸爸一有閒暇就會坐在鋼琴前彈彈一些他熟悉的歌曲。我就在那種彈彈唱唱的環境中長大；奇怪的是，當我中學畢業想修音樂系時，父親卻一口反對，不為什麼，只因為大家都認定音樂沒出息！

　　這應是一些人錯誤的觀念，即使是學校的領導，也有這種錯誤的觀念，他們都認為音樂只是唱唱歌而已，沒什麼大學問在裡面；因此學校聘請音樂老師時，尤其是中文部的音樂老師，都不重視樂理，只要能讓學生唱唱歌就行了。我雖無緣進音樂學院，卻很幸運能學幾年的鋼琴，五線譜上的「黑豆芽」我多少看得懂，合唱團的樂譜拿到手，多少能唱出它的曲調。這要感謝爸爸給我學鋼琴的那一時刻。

　　生命中有許多飄蕩而過的雲靄，不管它是烏雲或是彩雲，我們是不是應該好好去珍惜那短暫的片刻？

# 還是唱老歌

　　昨晚，我們又到唐人街的一家老餐館開會。幾個月前，我們也在這家餐館開會，可是會還沒結束，餐館的電流卻不再流了。看看窗外，街燈亮著，商店、餐廳的霓虹燈還在閃爍，於是大夥開始埋怨，便決定下次要到別家餐館去了。可是，最近聽說這家餐館已裝修，設備也比以前好多了，於是，我們又回來了。

　　地方是改善了一點兒；但不是那種會令我贊嘆的改善。朋友說，至低限度，它的KTV還不錯。

　　昨晚，很難得，為了社長突然另有要事，把開會的時間提早了一個鐘頭，難得大家都準時到場。閒話少談，認真討論，點的菜都還沒出齊，燈光又沒了！外面，五光十色，真是羨煞了我們。

　　社長離席不久，最後一道菜也上了，我以為今晚可以早點回家休息，沒想到本說趕不上時間的副社長來了，還帶來一瓶好酒，大家的情緒又熱烈起來。副社長還沒吃，當然要再點幾道小菜來，有的陪他喝，有的伴他吃。不吃不喝的可以點歌，練練聲喉。

　　幾乎都是過了半百的我們，點的都是老歌，從四十年代到八十年代的歌唱得最多，兩位年輕的小伙子竟然說他們不會唱，都讓我們這些前輩獻醜。

　　有人點了《春天裡》和《松花江上》，可是我們卻不能唱好它，這時我不由想起兩年前一次偶然的聚會，那天晚上，外子的

老友把這兩支歌唱得多麼讓人陶醉。還有人點了《上海灘》，這又令我想起我的老友司徒國銳，《上海灘》是他每次上台必唱的歌，可惜他卻息勞回天家休息去了。去年，嘉南中學六十週年慶祝會時，好多校友都很想念他；還好他早已把衣缽傳了給她的女兒，讓他的女兒在慶祝會上獻唱。

我喜歡聽老歌，總覺得老歌的旋律好，好多歌詞也很有意義，就說《嘆十聲》，它道出了煙花女子悲痛的身世；《漁光曲》也告訴了我們漁家辛酸的生活，《賣餃子》、《松花江上》讓我們知道中國人民抗戰中死裡求生的堅決意志。這些悲痛、辛酸的生活，雖然不是我們這一輩的所親身體會到的，但是聽前輩們的敘述，細細品味這些老歌的歌詞，我們能無動於衷嗎？

# 暖風

正是登革熱猖狂的那段日子，很少病倒的老么突然發高燒了。我心想，前兩天下班回來，路上漲水，鞋子、長褲都濕了，可能是感冒發燒，給他吃了感冒藥，並不見好轉。第二天趕緊帶他去找醫生，仍然是要它他服退熱藥，只是囑咐我們四、五天後如果熱還是不退，就該去驗血。老么是星期日開始發高燒的，星期三熱漸漸退，到星期四，體溫基本上已經是正常了。醫生說星期四熱不退的話，星期五就該去驗血。我告訴老么：「明天可能不必去抽血了。」

吃完飯，老么很緊張地來找我說：「媽，我擦鼻子時，紙巾有血。媽，我不打滴，我怕。」這下我可心慌了，趕緊要他老爸打電話請教醫生。醫生勸我們不要緊張，明天一早立刻去驗血。

第二天，我整個下午心都定不下。放學時，外子告訴我驗血結果證實老么得了登革熱，但沒告訴我有多嚴重。到停車場時，外子又打手機告訴我老么的血小板是廿五，要立刻住院。那時恨不得汽車能夠插翅飛回家。與我同車回家的主任，一到她家門口，立即下車令女傭來拿她的東西，自己卻趕緊上樓拿雲南白藥和片仔磺給我，要我帶回家給老么喝。

回到家，又馬不停蹄地開車把老么送進醫院。

在緊急室裡候著安排病房，說是私人房都沒了，暫時住三人倉。二十多歲的男孩，護士為他插針打滴時，他的右手那麼緊緊

地握住我的手。醫生要我們儘快找與老么同血型的人，準備必要時輸血。

　　從緊急室轉進三人病房時，已經是夜晚七點多鐘了。快九點鐘時，女兒的朋友拿了一個大水罐進來，裡面是熱騰騰的草藥。她說她的姪兒登革熱時是喝這種草藥喝好的。因此她一聽說老么得了登革熱，立刻到岷侖洛一個雜草叢生的地方去採，然後回家熬了一大罐送到醫院來。喝了一整晚的草藥，第二天驗血時，血小板已略上升。我把帶回的草本給女傭看，她一看就說出它的名字來。原來本地人多數都知道這種草藥，它除了治登革熱外，對產婦也很有幫助。於是，我又叫女傭到村子裡的空地去找，她果真採了一大把回來。我剛在熬草藥，一位年輕的朋友也帶了一大包同樣的草來，那是教會一位牧師開車和她到市郊的空地採來給我的。

　　老么在各位朋友的愛心、關心和禱告下，星期一早上就出院了。每當想起那早晚到醫院探視的主治醫生，那上下樓為我拿藥時匆促的跫音，那在黑夜裡、在炎陽下採著草藥的兩位女孩和牧師，我就滿心感謝上帝，祂為我預備了這麼多好心人，他們就像冬天裡突然出現的陣陣暖風，溫暖了我們的心。

# 珍貴的野草

老么躺在醫院三人房其中的一張床上。醫生還沒來。我擔憂著他的血小板。朋友說有一種野草煮了喝,很快就會復原;但我又不知是哪一種野草,到哪兒去找?

女兒傳信息說她的朋友已經為我們採草藥去了,待會兒就會送到醫院來。我聽了好感動。一個年輕的女子,在夜晚到草地上去為我們採草藥。

一個鐘頭後,一個年輕的女孩雙手捧著一個不鏽鋼的水罐進來,她就是我女兒參加查經班時認識的朋友。她不但為我們採了,還為我們把草藥給熬成湯了。她想得那麼周到啊!

我向她要了一根草,預備明天叫女傭或司機去找。

是一種很普通,很不起眼的草;我似乎曾經在修整院子裡的花花草草時拔掉了好幾棵;女傭也說她前些日子在大門口時也拔掉了幾棵。

突然覺得這是好珍貴的草啊!據說它已治好了好多登革熱的病患。我要傭人把我帶回的樣本給它栽在盆裡,她說沒用的,它不會活的。

據說,這種草在雨季長得最多,它不長在富人家的庭院裡,而是在空曠的草地上。

聽朋友述說著那好不起眼的小草,我突然感到上帝的偉大。

登革熱,除了打滴、輸血,醫學界似乎還沒找出什麼藥可治好它;但上帝早已為人類預備好藥。

　　雨季，蚊蟲最多的季節，也是登革熱猖狂的時候，越是骯髒的地方，蚊蟲越多，登革熱傳染得越厲害，傳染最厲害的又是貧民區，醫藥昂貴，打滴、輸血也不便宜，能住進醫院的有多少人？難怪那段日子，有多少人因登革熱而喪失生命。老么住了三天醫院，每天平均就得花一萬多，工資低的人家，豈不是一個重大的負擔？然而慈愛的上帝，祂就讓這種草在雨季長得最多，而且長在人們伸手可得的地方。神真是偉大。

# 病房荒

　　記得老幺患登革熱進醫院急診室時，填表、檢驗、打點滴之後，護士告訴我們醫院沒空的單人房，要我們先住進三人病房，待有單人病房時再移進單人病房。我說可以，可是等了好久，仍然待在急診室裡，再去問護士時，他們說，目前三人病房也沒空床，要我們稍等。看來醫院的生意還不錯。等了兩、三個鐘頭，老幺才被移進三人病房。病房中間的床位已有人，也是個登革熱病患，進門處和靠窗口的床空著，我們選了靠窗的床位。

　　住三人病房很不方便，看護的人沒地方躺，只能坐著打盹，有客人來也沒有多餘的椅子讓客人坐。外子堅持不讓我留在醫院照顧老幺，說我脊椎有毛病，不適宜長坐，可他那樣坐著睡也不好受啊！

　　外子再次到詢問處去，吩咐他們一有空房一定要通知我們。與老幺同房的病人一個鐘頭後已經轉到單人房，我們期望明天也能轉到單人房。

　　第二天，等了一個早上，還是沒空房。傍晚，外子一走進病房就說：「怎麼會沒空房，我繞了這一層樓，就看到好多病房都空著。」於是他放下手裡的東西，立刻又到詢問處去，剛好該部門的主任在場，聽到外子和接待員的對話，他立刻對接待員說：「今天早上不就有空房了嗎？怎麼說沒有？」他翻開記錄部，說

了兩個房間號碼，要服務員立刻去清掃。待服務員收拾好病房，已經是晚上九點多鐘了。

當外子和詢問處交涉時，旁邊也有人在等房間，他們要的是三人房，聽說我們要換房，其中一人便問我們住的是什麼病房，該主任聽了立刻說：「剛好，他們要轉到單人房，你們就可以住進他們那間三人房。」

外子回病房時，他們也跟著進來探視房間，一看到空著兩張病床，就問我們：「這兩張床沒人用嗎？」聽到我們說沒有，他們感到好奇怪，因為詢問處告訴他們三人房都滿了。

老么病好後，外子和朋友聊天，提起了這件事，朋友說：「不是沒房間，是有些醫生留住了幾間病房，這樣他的病人需要房間的時候，立刻有房間。」

天下竟有唯恐病人不住院的醫生？

# 一聲問候

上課鐘響了之後，本來在教員室閒聊的老師們都拿起書本、用品預備進教室去了。我也隨著同事步出教員室。一踏進走廊，那濃重的膠水味就竄進我的呼吸道裡，我感到很難受，快步走進我的課室。

教了幾分鐘書，感到頭慢慢地痛起來，我用手按摩了幾下，那陣疼痛不但未曾減輕，甚至越來越甚。我沒辦法繼續講課，我一手按在桌面上，一手按著我的頭；除了頭，我的聽覺也漸漸朦朧，我趕緊拉出椅子坐了下來。有同學問我：

「老師，你怎麼了？」我沒辦法回答。

我把頭伏在桌面上。

「安靜。」是一位女同學的聲音。「老師不舒服。」

「老師，到醫療室去吧。」我沒回答。

「老師，平時我們頭痛、肚子痛，你都叫我們到醫療室去，你現在不舒服，怎麼不去醫療室呢？」

頭仍然很痛。我站起來，聽學生的話到醫療室去。

護士為我量量血壓，150/100。比平時高。我不是高血壓族群，衣袋、包包裡都沒有治高血壓的藥，醫療室裡也沒有。護士讓我休息了幾分鐘，再為我量血壓，130/90。血壓降了，頭也沒那麼痛了，我問護士：「血壓突然高升，跟rugby的味道有沒有關係？」她說有可能。我向她道了謝之後，拿出手巾，掩著鼻子，要回教室。

　　從教員室經過時，碰到了黃老師，問我發生什麼事，我告訴了她。她聽了之後，立刻說：「那放學你怎麼回家？你還要自己開車回去？」

　　「再說吧。若真不行，打電話叫老公來。」

　　我又回課室教書去了。

　　學生們做作業的時候，我心裡一直在想，刺激性那麼厲害的膠水，學生們關在美術室裡弄花燈，聞了一整天的膠水味，不會難受嗎？更難相信的是竟有人會聞得上癮！

　　放學後，我又到醫療室去量血壓。血壓已恢復正常。

　　我回教員室去收拾東西預備回家時，黃老師看到了我，她說：「跟我一道回去吧。我叫女兒送你回家，你的車子就留在停車場，明天再開回去。」

　　「不必了。」我說。「我已經好了。」

　　我在轉角處的藥房買了藥，回到車上時，手機響了。

　　是黃老師。「劉老師，你在哪裡？我趕到停車場，你已經離開了。我已告訴女兒說要送你回去。剛才打了電話給你，你沒接聽，我好擔心。」

　　「是嗎？我去買藥，手機在車上。我很好，別擔心。」

　　「真的？」

　　「真的。謝謝你。」

　　關上手機，螢幕上顯示兩個未接的電話，一個是黃老師的，一個是她女兒的。我的眼眶濕了。

　　生活中能有那麼一句關心的問候，我心中感到何等幸福，何等溫馨。

# 溫情盈溢

　　我在緊急室裡踱來踱去，真不知道該做些什麼。緊急室裡的醫生、護士都不理我，他們要我把孩子的雙親找來，可叫我到哪兒去找？兩個孩子，看起來是七、八歲，但腳踝被擦傷的那個小孩卻說他已經十歲了。十歲的孩子，自己的父母親是誰，住在哪兒，他都不會說。另外一個孩子不會說出街道的名字，但他懂得帶路。緊急室的人怕我跑掉，拿走了我的駕駛照，我又如何能把孩子的雙親找來？

　　掛了個電話給主任，告訴她路上發生了車禍，我現在在緊急室，向她請假，主任問我需不需要人幫忙，我說不必了，我已經跟保險公司的人聯絡了，他們會派人來。我是和保險公司的負責人通過幾次電話，但和主任講完後，保險公司卻說那邊沒人能過來；又告訴我：「既然不是你撞上他，又沒有雙親在場，那你乾脆叫醫院給他敷藥，然後把他送到出事的地方算了。」說得倒挺簡單。

　　打了電話給外子，他剛好外出，說是立刻就趕來，我計算一下路程，最快也得四十分鐘。沒辦法，只好耐心等下去。

　　也不知道在緊急室的走廊來回走了幾趟，突然看到遠處來了三個穿著和我同顏色制服的人。我趕快推開玻璃門向他們揮手。走在前面的一男一女是兩位黃老師，在後面的是校牧。黃品品老師一走近我就說：「你要感謝上帝。主任接到你的電話後，就一

直在找校牧,可是學校上上下下就是不見校牧的影子;所以我們兩個先來,壯壯你的膽子,也看看能幫上什麼忙。走捷徑進醫院時,竟然遇到校牧迎面而來,你說這豈不是上帝的安排?」看到了他們,我好像看到了離別多年的親人,我好想抱住他們,我的眼眶濕濕的,但我不能讓眼淚掉下來,因為我怕兩位黃老師取笑我。他們問我事情的經過,我就一五一十地告訴他們。

中午開車要上學時,車子慢慢地走在一條很不平坦的路上。左邊是迎面而來的車輛,右邊的路上除了有大大小小的窟窿,還有幾個騎著腳踏車的小孩。我放慢車速,忽然聽見車右邊「碰」的一聲,接著又有孩子喊叫,我趕緊煞車,下車一看,一輛腳踏車躺在車旁,一個小孩縮起右腳喊痛。我看到他那骯髒的腳踝被擦傷,流了點血。人群中有人在找孩子的媽,但沒有人來,我只好把他送進醫院。和他一起上車的是一個年齡與他相仿的女孩。我問她,母親呢?她說在菜市。

一進醫院麻煩就多了。

黃思華老師一聽要去找孩子的雙親,他自告奮勇說要陪我去,還到大門去找守衛商量拿我的駕駛執照。思華老師還沒回來,這邊的品品老師卻告訴我說校牧教我不要去;他要借用校車帶著那位沒受傷的女孩去找他們的雙親。我的心真的好激動、好感動、好溫馨。我真不知道要怎樣報答他們對我的關愛,我唯有求神保佑他們,賜福給每一位為我操心的人。最後,我要感謝上帝的安排與賜予;感謝祂的慈愛與保守。

# 得獎

　　二月十三號早上，我換好衣服預備上班時，手機響了，看看顯示屏幕，是思華老師，心想有什麼重要事？

　　「哈囉，阿劉阿美阿英，」全世界想必只有他才會那麼不耐煩地把我的名字拉成六個字。「你知道你得了引叔模範老師獎了嗎？」

　　「開什麼玩笑？」

　　「真的，今天報紙上有你的照片，所以我知道你得獎了。」

　　「那應該謝謝你的鼓勵與幫忙了。」

　　「請我吃五萬元一餐的酒席就好了。」

　　「沒良心，獎金十萬元，你要我花五萬元請你，那不就完了？你幾星期前參加健身操錄影比賽中了五萬元，都沒請我們，鐵公雞啊，你。」

　　「呵呵！」

　　這次被學校推薦參加引叔模範老師，我沒抱很大的希望。全菲華校優秀老師那麼多，怎麼有可能選到我？但既被推薦，我就該把應交的證件收集好、文章也該用心去寫。

　　這次文章的題目是：《應用電腦多媒體技術進行華語教學》。這個題目，若是早幾年前要讓我寫，我一定寫不出來，因為那時候，我對電腦的操作並不太熟練，打字、計分數沒什

麼問題，但是要用簡報設計課材，那時候，我可能還是「鴨子聽雷」，不知該如何下手。

　　感謝當年我們學校的兩位領導，李文薇和章薇菲主任，推薦我到晉總主持一場公開課，幫我用簡報設計教材，使我領悟到原來電腦在教學方面有那麼大的幫助，因此便開始下工夫學習利用多媒體教學。這次能得獎，兩位主任的功勞不可沒。我若不曉得如何應用多媒體，那我又將如何下筆寫文章呢？

　　由於工作繁重，我所有證件收齊了，但文章卻遲遲不曾下筆。思華老師催了我好幾次，我說年假過後再交。新年復課，他又催了。我說起了頭還沒結尾，他唉了一聲走開了。好不容易總算把文章給弄好了。所以，能得獎，與思華老師的頻頻催促也有關。

　　當然家裡的老伴也為我焦急，三不五時地問我寫好了沒有，這個證件、那個證件拿了沒，他這樣問呀問的，倒也讓我想到某某證件還沒有拿到，最後終於全部整理好了。

　　把所有的東西交給思華老師之後，我再也不去想這件事了。俗語說：「生死有命，富貴在天」，我把它交給了上帝，應該得的，上帝自然會給你，不是你的，就不要強取。

　　感謝宿務引叔慷慨獎勵教育界同仁，感謝學校、校長對我的關愛，感謝關心我、鼓勵我的朋友，感謝老伴與家人的支持。最後，願把得獎的榮譽歸給上帝，因為這一切都是祂所賞賜的。

# 懷念汪校長

　　七月四日清晨，睡意尚未盡，桌案上的手機訊息鈴響了，把枕頭蒙上耳朵，卻怎樣也睡不下了。翻了幾個身，手機電話的鈴聲又響了。沒辦法睡了，坐起身來，揉揉眼，才站起來走到書桌上去要接電話，可是，對方已掛掉。打開訊息，是七郎友傳來的消息，本以為是要提醒我準時出席今天早上由校友會主持的講習會，誰知卻是這樣一個令我驚愕、心酸的消息：「……聖公會前任校長汪土星先生今晨四時回歸天家……」我的淚掉下來了。汪校長，我敬愛的師長，他竟然離開我們回天家去了，我們都還在籌備著他九十歲大慶呢！

　　汪校長是我高中三的級任老師，我們那一屆的同學，尤其是男同學，是最調皮的，但上汪校長的課時，他們還可以算是滿安份的。我不是班上的高材生，但上汪校長的國文課時還是挺注意聽的；只是一到外國地理課，汪校長低沉的聲音竟成了催眠曲，我常常是搖晃著頭，眼睛時睜時閉地聽他講課。期終考後的一個下午，汪校長把我叫到他身旁，他說：「你國文成績不錯，但外地的成績不太理想，這幾天，你在家畫張世界地圖，要塗上顏色，下星期交給我。」望著汪校長慈祥的臉，我擒住眼淚，很難為情地低下頭。汪校長又說：「別難過，我知道你對地理沒興趣，成績並不是很差，只是不太理想而已。」

　　我能不感激嗎？

　　我雖不是個特出的學生，但汪校長並不因此而偏待我。我們的畢業歌，汪校長要我幫著選歌曲，唱給他聽，聽完，他選了一支他喜歡的旋律，然後為我們這一屆的畢業生填詞。詞填好了，他又叫我唱給他聽，讓他做最後的決定。

　　大學畢業後回母校服務，雖和汪校長同一所學校，但當時，我是小學部的老師，而他是中學部的教務主任，我們見面的機會很少，偶而見面，他總會親切地和我交談。記得有一個星期日，我們在教堂外相遇，他展現著慈祥的笑容對我說：「我喜歡聽你在台上帶領我們唱詩歌。要好好用你的天賦。」

　　八十年代，馬可思統治時期，我們打算把剛中學畢業的老大送回廈門讀書，汪校長知道了，勸我還是把孩子留在身邊的好。後來，外子到廈門工作了一個時期，寫信回來說：「還是讓孩子留在菲律賓罷！」

　　在母校服務了二十多年後，我呈上退休書，汪校長那時候已經是母校的顧問，聽說我要離開，曾經挽留過我，但我因為是上帝另有使命給我，只能流著淚向汪校長道謝、告別。

　　離開母校，離開原來的教會和孩子們到別的教會，我和汪校長見面的機會更少，但每次校友會或級友會集會，汪校長總會出席。最後一次見到汪校長是引叔傑出老師頒獎禮會上，汪校長和太太就坐在我的後面，他看到我，緊緊握住我的手向我道賀。我衷心地感謝他多年來對我的關心與支持。朋友、同事、同學、親人，一群群的人圍著要跟我拍照，我心中惦著汪校長，我一定要和他拍張照。待人群散後，汪校長不在了，我很難過。離開我原來的座位去找我的家人時，很高興地看到汪校長和太太正坐在一

旁吃點心。我趕緊跑上去，要外子給我們拍張照，老同事慧英老師也趕上來和我們一起拍。這將是一張極珍貴的照片。

　　我很慶幸我抓住了那個時刻，否則，那將成為我心中的一個遺憾！

# 珍惜現在

從廈門回來的翌日，女兒問我：「媽，你看到昨天報紙上的大字標題嗎？」

我想了一下，昨晚在飛機上是翻了一下報紙，但大標題是什麼？細想一下，終於想起來了。

「是母女在家遭劫雙雙喪命，好可憐。」

「你知道那女兒是誰嗎？」

我又想了一下。「我認識她嗎？是個翻譯名字，我不知道是誰？」

「你看的是什麼報紙？」

「《商報》。」

「下樓時，看看《世界日報》。」

「到底是誰，告訴我不就完了。還要我下樓去看。」

女兒什麼話也不說。

下樓吃早餐之前，把昨天的《世界日報》拿出來看：

盜賊深夜入屋搶劫殺人
描仁瑞拉一女華商與女兒遇害
資深警長認明受害者是八十歲的吳王玉瓊（西名巴西沓‧王‧黎俞壽）及她四十九歲的女兒吳明明……

　　吳明明！她是我十年前的同事，也有可能是我三十多年前的學生！想當年一起教書時，她總是默默地工作，很少和同事聊天；但，每次她心中有問題的時候，都會來找我陪她一起禱告。怎麼上帝就這樣讓她離開世界？

　　我也在想，當年和她在一起的時候，還好，我沒做過對不起她的事，不然，我現在就會很不安，因為我再也沒機會向她道歉或解釋。

　　生活中，我們難免會做錯事，得罪了別人，讓對方身心受傷；那時候，我們應該懂得向人家道歉；道歉不是口頭上一聲對不起就了事，應該是發自心底處誠懇的悔意，決心以後不要再犯。這樣，我們的生命就不會有什麼遺憾。

　　世界上有很多事是我們不能、也無法去理解的。人的生、死，更是我們無法掌握的；因此，我總覺得應該好好抓住現在，珍惜現在。當我的腳步越走近生命的終點時，我更是提醒自己，好好地珍惜現在，因為我們永遠不知道我們前面的道路是什麼。《聖經・雅各書》記載：「你們有話說，今天明天我們要往某城去，在那裡住一年，做買賣得利；其實明天如何，你們還不知道，你們的生命是什麼呢。你們原來是一片雲霧，出現少時就不見了。」

　　生命是這樣短促，這樣難以預料，我們真該好好珍惜我們所擁有的。有時很後悔當年沒多花點時間陪陪雙親，沒好好侍奉他們，現在想偎在他們身旁已經是不可能的事了。上帝給了我丈夫、兒女、朋友，我應該好好的珍惜他們；因此，每逢假日，兒女們若邀我和他們出遊，若沒重要事需辦，我都樂意和他們同行，只想留給他們一個美好、幸福無瑕疵的記憶。

　　朋友，工作很忙碌；但總該留點空間給你的丈夫、妻子、兒孫，因為他們才是上帝所給你的財寶。

# 驚喜

那天是我的生日，我們家，無論誰過生日，多數都是煮幾樣菜，或是到餐廳訂幾道菜回來，晚上一家人一起吃，很少上餐廳吃生日飯的；可那天中午，我覺得有點奇怪。

崇拜會後，我們通常是去逛街，吃飯然後回家。那天，由於女兒兩點鐘要去參加一場婚禮，我們就不在外面吃午餐。回家的路上，我突然想起外子和我家老三喜歡吃燒豬，所以就去買燒豬，心想，燒豬多買一點，中午吃一點，留下一部份晚上吃。

那一點點燒豬，一人一口，沒吃上幾口，燒豬就見盤底，外子立刻要我多拿一點出來，接著他又問我：「這瓶紅酒，中午喝掉吧？」

「不是說好晚上喝的嗎？」是他健忘還是他想現在喝？

下午接到老同學施彼得傳來祝賀的信息，感到很奇怪，他怎麼會知道今天是我的生日？

外子說：「是妳的同學，當然知道妳的生日。」

「他從來就不曾向我祝賀的。他不知道我的生日。」

「你們班不是有通訊錄嗎？」

「是有通訊錄，但同學聚會時，他從不參加，好像不可能拿到通訊錄。」

　　傍晚，我要上樓時聽見女兒打電話給我那年輕的朋友，珍，說：「你們在哪裡？我們還沒辦法離開，我兒子剛醒來，一直在哭，不肯換衣服。」

　　「……」

　　「那好，我們一會兒見。」

　　聽完她的話，我心裡有點不高興地問她：「你們不在這裡吃晚飯？」

　　她轉過頭看看她的父親，她父親又看看我，然後說：「看來，妳是真的不知道。中午聽妳說要把燒豬留下來今晚吃，紅酒也要留起來晚上喝，我就猜疑妳是不知道今晚的約會。珍幾天前打電話給我，要我保守秘密，並且要我今天晚上說服妳一起去餐館吃，我知道妳一向不喜歡這樣，一直推辭，但她說已經約好了妳的同事，老友，而且還在餐館付了訂金。我和妳女兒正愁著要怎樣說服妳去呢！現在妳知道了，我也不必費心去想辦法了。」

　　「不去！」

　　「那怎麼可以？人家可是花錢又費心地為妳預備今晚的節目，還約了你的朋友，別讓她難堪。」

　　「不去！我們一家人過生日從來不這樣舖張的。」

　　「去吧！別讓人家難過，那也是她的一番心意。」

　　後來，還是去了。

　　一踏進餐館的特定房間時，呈現在我眼前是一陣又一陣的紙花，面對著我的是拿著錄影機的珍，我很想退出，但後面有人推著我，房子中間是一個雙層的蛋糕，裡面的人拍著手，唱著生日歌。我無法說出我當時的感受，雖然我已知道他們要慶祝我的生

日，但我還是有點受寵若驚。定下神來，才發現好幾位新、舊同事在裡面，一回頭看到彼得和他的太太正躲在一旁。那時，我才想起珍和彼得是同事，今晚是珍把他約來的。

　　更令我感動的是，珍不知花了多少時間去採訪我的老同學、老同事、甚至我以前的校長、學生，要他們述說他們對我的印象。看著錄影片，我的眼淚都快掉下來了。他們的稱讚令我汗顏，他們對我的厚愛，我永記不忘。我只希望，當我到主面前時，能得到祂的稱許。謝謝你們給我愛，謝謝我的家人這些年來的體諒與關心。願上帝保守、祝福你們！

# 遙遠的記憶

　　五十年，應該是一段漫長的歲月，怎麼突然間聽老伴說他們的級友會要慶祝畢業五十週年了呢？那麼，再過幾年，也該輪到我們來慶祝了！

　　老伴因為跟別組的同學不熟，本不想去；但是我告訴他：「人生能有幾個五十年？」後來我們還是一同去了。

　　到達大賓館的時候，老伴找到了熟悉的老同學，我們就在他們旁邊坐了下來，見到了久久未見面的同學，他們聊了起來，然後老伴會告訴我他是某某人。有一次，他說了一個名字，AN，是個很熟悉的名字，但那張臉怎麼和我腦海中的AN不相稱？看起來顯得很陌生。當他再次從我們身旁走過時，老伴把他叫住，然後指著我問他：「AN，還記得我太太嗎？」

　　「當然記得。她住街尾我住街頭。」他說。

　　那是五十年代的事了。

　　「要不要我說一下小時候的事？」他接著說。

　　小時候？

　　小時侯，我家是在唐人區一家傢俱店的二樓。唸了一年的幼兒園後，我們搬家了，搬到AN住的那條街。

　　在傢俱店的那段日子，我常下樓去和售貨員或鄰居的小孩玩。搬進新居之後，房子大了，一道鐵門把我和外界隔開了。那

條街上住了些什麼人，除了我的同班同學，我認識的人也不多，
AN要說說小時候的事，我覺得很奇怪。

　　小時候有甚麼事？記得認識他時，我已經快上大學了。

　　他開始講了：

　　「你們剛搬到我們那條街的時候，聽說你們家有洗衣機，我
們都很想看，但又不認識你們，後來發現你家後面有個天台，洗
衣機就在天台，我們幾個人就跑到GT家，從他家的天台就可看
到你們家的天台，也能看到洗衣機。」

　　他的話吹走了沉睡在記憶箱上的灰塵。

　　洗衣機。是的，那時候，我還沒上小學，洗衣機是買的，還
是人家送的，我也不清楚。第一次用洗衣機並不是在天台，而是
在樓下的停車房。當年的洗衣機不像現在是全自動的，很方便。
那時候，衣服放進洗衣機後，水要盛在桶裡再倒進機裡，現在想
起來，是很麻煩的。

　　我站在凳子上，看著衣服在洗衣機裡扭轉，偶爾我會把手伸
進水裡，想看看手會不會也被扭進去，媽媽看到了大叫著把我從
凳子上抱下來。

　　洗衣機什麼時候、為什麼搬到天台，我都不知道。洗衣機後
來的命運如何，我也全然不知道。

　　小時侯，應該還有許多被淡忘的事，或許哪天有人會來幫我
尋找那童年的片片斷斷⋯⋯

# 揮不去的畫面

　　一群穿著棉襖、手拿著歌譜或手提琴的男女，踏著潔白的雪地，挨家挨戶唱著悅耳的聖誕歌曲，那是我腦海深處一直不能磨滅掉的畫面。每想起這幅畫面，總是渴望著能加入他們的隊伍，去體驗那份樂趣。

　　年輕時候的十二月，隨著學校的合唱團報佳音去。坐在大巴上，迎著吹來的冷風，大家說說唱唱，談談笑笑，到朋友家，到親人家唱歌。朋友家，不管是豪華富貴，或是簡潔樸素，我們都不在乎，在乎的是相聚時的那份愉悅。那時候，我家是在小巷的盡頭，大巴進去很難回轉，大家下了車，老師彈著手風琴領隊，我走在他左右，大伙隨在我們身後，從巷頭一直唱到巷尾。我常要他們唱The First Noel，因為那是母親最喜歡聽的聖誕歌曲。父親打開門，我站在父親身旁，看著他們的背影在我眼前逐漸消失。走在巷子裡的那時刻，心想，要是能飄下一些雪花，那有多好！

　　那段日子似乎是很遙遠，很遙遠的年代了。「天上榮光歸上帝，地上平安恩賜世」好像也跟廿一世紀已經搭不上關係了。

　　上個星期的一個傍晚，我抱著小外孫站在窗前，突然見他手指著前面，好興奮地大聲喊叫，我順著他的眼光望去，原來是對面人家已經掛起了一串串、一個個五顏六色的，形式不一樣的聖誕燈。是啊！普天同慶的聖誕佳節已在眼前了！瞧小外孫多高興

啊！他的世界裡沒有憂慮、沒有嫉妒、沒有恐慌，在父母親、在長輩們的呵護下，他的生活多麼寧靜，多麼安詳！

想想當年始祖亞當、夏娃在伊甸園的生活也應該是這麼恬靜的，只是，他們違背了神的命令，以至被趕出伊甸園；從那天開始，人類的生活就不再那麼平靜、安逸了。

經濟、政治、治安、天災、疾病帶給人們恐慌；嫉妒、分爭、驕傲、貪婪……等等讓人們失去了平安。

腦海中那揮不去的畫面，還會實現嗎？

# 推手推車的老婦人

每次看到有拾破爛的老婦人，我就會想起那個推著小推車的老婦人。

那時候，我們剛搬到計順市。每天傍晚，總有一個老婦人推著小推車，到我家門前來撿從先父廠裡丟出來零零碎碎的木塊。如果有一大包的木屑，她更是高興。

老婦人大約六十多歲，穿著件褪了色的連衣裙，一雙塑料拖鞋，拖鞋上的雙腳並不像其他拾破爛的人那麼髒。她那張慈祥的臉總是帶著笑容，只是老婦人的左眼受了傷，看不見東西了。每次到我家時，剛好碰到我下班回來，因此我們總會相互打個招呼。看到她那麼辛苦地拾木塊，有一次，我不由自主地告訴她：

「Lola，這樣吧，我叫工人每天把木塊放在一個麻袋裡，你來的時候，向工人拿就好了。」

她很客氣地婉拒著，但我當場叫了一個工人來，吩咐他每天把大小木塊放進麻袋，等老婦人來了親自交給她。她謝了又謝就回去了。

日子久了，我們偶而會聊聊天。她說她以前是人家的女佣，因為工作勤勞，被主人的兒子看上，結了婚。結婚後經常陪丈夫送貨到鄉下。丈夫開車，她在車廂後看守貨物。有時候路途遙遠，就躺在車廂裡睡。有一次，因為路不好走，車子顛簸不定，

一個竹籠掉下來，不幸竹尖刺傷了左眼，她就這樣失去了一隻眼。後來丈夫過世了，她就自己賺錢養活她的女兒。

　　老婦人偶而會回鄉下，每次從鄉下回來，就會帶些水果來送我們。

　　有一次，我不小心扭傷了腳，老婦人看到我走路一拐一拐的，就告訴我：「待會到我家來，我幫你推拿。」

　　她給了我她家的地址，我看了看說：「很近嘛！」

　　「是啊！到我家來，我家有椰子油，我推拿一下你的腳；剛好我女兒也回來，你們好聊聊。」

　　晚上，我帶了些食品，叫車夫送我去老婦人家。車子慢慢走著，在昏暗的燈光下看著一家家的門牌。終於找到了，可我真是傻了眼。兩扇深褐色的大鐵門，門牌就在大鐵門左邊的小鐵門上。鐵門兩旁是兩道土磚牆，行人道上是一片翠絨絨的草地，草地上一排高高的椰子樹。我再看看門牌，沒錯啊！我按了門鈴，一個女佣來開門，糟了！我不知道老婆婆姓啥名啥，只好問她：

　　「Lola，在嗎？」

　　女佣問也沒問就領我們進去。穿過一片草地，步上石階，就是老婦人的房子。那是一座平房，裡面打掃的乾乾淨淨，華麗的白沙發擺在客廳中，靠牆的玻璃櫃擺設了許多精緻的裝飾品；看得我眼花。這是我夢中想擁有的房間設計啊！

　　老婆婆不知什麼時候已經從房間走出來，身後跟著一對青年人。

　　「蘭絲，」她說：「這是我女兒跟女婿，前幾天剛從美國回來。」

　　「謝謝你常常幫助我媽。」她女兒握住我的手說：「我在美國的時候，她在家待不住，就到處走。她一生節儉，我不在，都捨不得用電，看到你家門口每天有那麼多的木塊，她好高興。」

　　面對這樣一位老婆婆，我無話可說。她的美德令我汗顏。

# 憂從中來

　　月初的《溫情盈懷》發表後，有幾位朋友或打電話，或手機傳訊查問結果如何。我只得把那天發生的事，細述給他們聽⋯⋯

　　我還在緊急室裡，就為了心腸軟，不忍心把那騎腳踏車摔倒在我車旁的男孩子撇下不管，就得在這緊急室裡像熱鍋上的螞蟻來回地踱著。

　　剛才聞訊趕來要伸援手的兩位黃老師已回校上課去了；陪小女孩去找傷者的親人的校牧還沒來。受傷的孩子坐在輪椅上，其實他並不需要輪椅。我問他吃了沒有，他說還沒有。我手中有黃品品老師剛才買來的餅乾和水果汁，我拿了一包餅乾和水果汁給他，他伸出手接過去之後就急著要把餅乾打開。

　　「小男孩，」旁邊一位醫生叫他。「她給你東西，你應該說什麼？」

　　小男孩抬起頭來看他，什麼話也沒說，好像醫生不是在叫他。

　　醫生再次問他。他仍然不開口。

　　醫生本在為一位病人洗腳上的傷口；他輕輕放下病人的腳，站起來，走到小男孩的面前，把他手中的食物拿掉，然後眼盯著他說：「人家給你東西，你應該說什麼？」

　　小男孩望著醫生開口了，聲音很輕：「謝謝。」

　　「是誰給你東西的？對他說，聲音大一點。」

　　他轉向我，聲音稍大了一點：「謝謝。」

醫生把食物還給他，又去為他的病人洗傷口。

不久，校牧和孩子的家人來了。

孩子沒有父親，來的是他的母親和三個弟妹，還有一位是他的阿姨。

母親也是一位「不開口先生」。她看了孩子一眼就毫無表情地走開了，好像受傷的不是她的兒子。倒是那位阿姨在一旁跟我們討價還價。雖然罪過不在我，但我還是得為了自己的好心而付出代價。醫生告訴那位阿姨要孩子的母親拿了錢之後，簽據說以後不再打擾我們，阿姨卻不肯，說孩子將來不能走路怎麼辦？醫生說孩子的腳沒問題，只是皮肉傷而已。花了一番功夫，那位阿姨才到外面去說服孩子的母親進來簽字。

這時，我又聽見剛才那位醫生的聲音說：「要不要？」

我回轉頭，他是在跟孩子講話。

小男孩從輪椅站起來，一步一步往前走。

「我不是告訴你，他會走。實習醫生都檢查過了。」醫生告訴他的病人。

那男孩走到醫生面前，拿到了醫生手中的硬幣後，又一步一步地走回輪椅。

十多歲的孩子，是上學的年齡，但是他們卻在大街上嬉戲。沒有學校教育，沒有家庭教育，心中就有那份詭詐，他們的前途是什麼？

記得有位同事曾經這樣感慨過：那天她跟兒子走在一條小路上，一路上成群成群的小孩在路上跑著，跳著，車子來了，他們毫不在乎。那一群一群的小孩，都在七、八歲之下。那位同事突然說：「怎麼都是年紀小的？那些年紀大的孩子呢？」

「當小偷去了。」他的兒子回答她。

果真如此？

神啊，求您施恩憐憫這個國家吧。

# 餵養過多

　　家裡有棵無花果樹，那是五、六年前朋友送給我的。無花果，在菲律賓似乎很少人見過，回中國幾次，好像也未曾見過；但是，凡是熟悉《聖經》的人，大家都知道無花果。

　　《聖經》第一次記載有關無花果是在創世記，上帝創造了宇宙萬物之後，將亞當安置在伊甸園，讓他修理看守，並吩咐他說：「園中各樣樹上的果子，你可以隨意吃，只是分別善惡樹上的果子，你不可吃……」

　　上帝又造了夏娃來陪伴亞當，可惜，夏娃受了狡猾的蛇的引誘，自己吃了禁果，也讓亞當吃了一口，那之後，他們的眼睛明亮了，發現自己是赤身露體的，便拿了無花果樹的葉子，為自己編作裙子。

　　看到這裡，我常想，那無花果的葉子應該是很大的，不然談何容易可編成裙子？

　　朋友把無花果樹交給我的時候，它還不到一尺高，看它最大的葉子，也只不過是我兩把掌大，要編成裙子，可需要好多葉子耶。我想，當年伊甸園的果樹應該要比現在的高大好幾倍吧？

　　照料了將近一年，它竟開始結果子了。它的果子有點像番石榴，果子由綠轉褐紅色時就可摘下來吃，味道像番石榴，也像西蕃蓮子，只是它沒有細小的籽，要繁衍只能靠扦插。幾年來也曾分送給幾位朋友。

　　上個星期三，女兒在我家清掃房子時，發現了一包過期的麥麩，就把它倒進無花果樹的大盆子裡。我們經常把茶葉、咖啡末、洗米水等等倒進花盆裡，因為老人家常告訴我們這些能成為植物的養料，事實也是如此，有了這些養料，開的花也會比較大。

　　星期日下午，在院子裡散步時，看到無花果樹上結了好多果實，心中好高興；低下頭一看，怎麼泥土發霉了？我趕緊把泥土翻動，以為這樣就能把霉解決掉，三天後，無花果的葉子都垂頭喪氣的，我心知不妙，趕緊剪枝扦插，期望能留個種。

　　本以為過期的麥麩能助無花果茁壯，誰知弄巧成拙，謀殺了一個生命，心中好難受。

　　我們身為父母的，是否也曾犯過這樣的過錯？

# 復甦

　　每天走過那棵無花果，總要佇立片刻，細心地觀察那些禿枝，心中也祈求神要好好照顧。也許有人會取笑我，說這種芝麻大的小事，也要麻煩上帝，但，我想萬物都是祂造的，祂定能行神蹟。

　　我也去查看扦插的那幾枝無花果，成績還不錯，有兩三枝已發芽，只是我並不樂觀，因為經驗告訴我，它有時會夭折。對於它們的發芽，我好像也沒那麼興奮，或許，我對它們的感情沒那麼深吧！

　　幾天後的一個早晨，我又站在無花果樹旁，老大剛好也在，一見到我就說：「媽，有希望了，你看，有新芽！」

　　我仔細看，真的長出新芽來了，我心中好高興！

　　幾天的雨水，無花果不再是棵枯樹了，它長得比以前更茂盛，我心充滿了喜樂。這使我想《聖經》裡面有記載耶穌所講的〈一百隻羊的故事〉。

　　「有一個牧羊人，養了一百隻羊，他每天早上帶領羊群去吃草，晚上又領牠們回羊圈。有一天他失去了一隻羊，他即刻到處去尋找那迷失的羊，直到找著。找著了，就歡歡喜喜的扛在肩上，回到家裡。一到家就請朋友鄰舍來，對他們說，我失去的羊已經找到了，你們和我一同歡喜罷。⋯⋯」

　　找到失去的羊，我們心裡高興。一棵將枯萎的樹又萌芽，我心裡也高興。不知身為老師的人，是否也有過這份的歡樂。

　　那是幾年前的事了，班上有位同學，書唸不好，在班上也不注意聽；每次我叫他的名字時，他的態度很不好，好像我是他的仇敵似的。我始終不明白為什麼。有一天，我請他放學留步，他滿臉的不高興，對我的問題都愛理不理的，我耐著心慢慢跟他溝通，終於了解到他的家庭背景。一個不關心家庭，只會醉酒、打人、罵人的父親，影響了他的情緒。經過幾次的交談，他的態度改變了，那張仇視的臉沒有了，走廊上，老遠的，他一看到我就跟我打招呼，我為了他的改變歡心。我想，這也是當老師的一種成就感吧！

# 別矣，榕樹

我們的村子，近幾年來，一下起大雨，許多街道立刻漲水；我們居住的那條街也不例外。

七十年代中搬進村子的時候，村子還不會漲水，幾年後，颱風來的時候，我家的後園就會漲水。那時候，我常讚外子有遠見，把房子所佔地給填高了。後園漲水的時候，老大、老二折紙船，讓小船在水上任意漂蕩，成了他們童年的一段樂事。

忘了是什麼時候開始，一陣大雨之後，漲水的不再是我家後園而已，大門口成了大池塘，鄰居魚塘裡的魚都跑到「大池塘」，四鄰的車夫都忙著抓魚去。颱風大雨的時候，街道旁的檢修孔成了噴水池，偶而還會湧出死小豬，那是從村子外面的養豬場漂過來的。雨停了，路上的水退了；但水還是不斷從檢修孔流出來，那淙淙的水聲，聽起來還挺悅耳的。可是路上漲水並不是一件值得歡欣的事，因此，新任的村長便決定改換水溝管道。幾個月來，從村前的街道一條一條地往村內挖。上個星期終於挖到我家大門口了。

開始挖掘前面的道路時，我們也開始把門前的花一棵棵地移到瓦盆裡，只是幾棵大、小樹，我們都無法挽救了。

有一天下班回來，大火樹倒了，今年夏天，再也不能看到它橘紅色的花了。離火樹不遠的釋迦果樹也沒了，我看看孤獨站

在路旁的榕樹，我好希望它能逃掉此劫，因為菲律賓人多數很迷信，他們相信榕樹有樹神，因此我倒是希望他們能敬而遠之。

　　兩天後的早上，女兒抱著她的兒子站在窗前，我也站在她身旁看著。外面，那輛大鏟車來了，那隻鐵手那麼無情地三兩下就把我家的榕樹給鏟掉了！我背轉身走開了，此時，眼淚已經流下來了。這棵榕樹記載著一段友情，每看到它，就會想起當年的事。如今榕樹不在，我對贈送榕樹的人有說不出的歉意！

　　啊，榕樹，我很想向你說再見；但是，這是永別。原諒我們無法留住你。若知有今日，當年就不該把你從盆中移到大地！記得從朋友處接你回來時，你只是一棵小榕樹，栽在一個不到一尺大的貝殼裡，由於我們不懂得照料，幾年後，見你日漸枯萎，便把你送回大地。我們從沒想到有今日的事故。別矣，榕樹。謝謝你這幾年來所給予路人的蔭蔽。

# 富貴竹開花

照片中的這種竹，是不是竹類，我不清楚；那它叫什麼，我更不清楚。我相信很多人都見過它，相信也有許多人擁有它。它很容易繁殖，你可以把它截下一段插在水裡，也可以種在院子、花園裡。有時候，我剪了一大把，放在瓶子裡，置在桌案上，或放在先人的遺照前，日子久了，葉子枯黃，我經常就把它扔掉，換上新的。但外子就不然，它會把枯葉去掉，然後重新種在盆子裡，因此我家裡就有好多這種東西。

我之所以會稱它為富貴竹，是因為每當春節快到時，唐人區的路旁就擺了好多待過路人來買，賣販說那是lucky bamboo，所以我就稱它為富貴竹。這些富貴竹，經過巧手加工，形狀可多著：巧匠把葉子除掉，把枝子調成一圈圈的，有的甚至調成心的

形狀，也有像一個竹籃子，更有像一顆顆鳳梨的。我非常欣賞他
們的手藝。

　　第一次看到這種富貴竹，我以為它是另一類的竹，於是花了
三百元買了三支回來。外子看了說我何必花那種冤枉錢，院子裡
多的是。我說不一樣吧。外子什麼也沒說，找了個空盆，把三百
元的竹種下去。幾個月後，竹子長高了，跟家裡的沒兩樣。後
來，我也想把竹子調成一圈圈的，但或許是我沒那種手藝，或許
是我不夠耐心，總不成功。每次看到路旁各式各樣的富貴竹。我
只能自嘆無能。

　　元旦過後不久的一個清晨，我在廚房裡預備早餐時，抬頭往
後院看，雖沒戴眼鏡，卻依稀看到玉蘭花樹下有細細的小白花，
那是什麼花？那不是玉蘭花，我清楚地知道那裡沒什麼花卉。

　　東西煮好後，我趕緊到外面去看個究竟。是富貴竹，富貴
竹開花？我這是第一回看見，我趨近一聞，一陣清香撲來，那香
味，比茉莉花更清淡。我急忙回屋，叫老大拿照相機來拍照。

　　傍晚，老三跟媳婦回來，我也趕緊帶他倆去看富貴花。老三
說：「咦，它會開花？」媳婦也感到奇怪。

　　夜裡他倆要回去時，我站在車房看老三把車退出去，一轉
頭，看到大門旁也有一束細細的小白花，我拉著媳婦去看，又是
富貴竹開花。媳婦感到很奇怪，她說：「有什麼預兆嗎？」

　　我想了一會兒說：「它想告訴我，以後不要隨便把它們扔
掉。萬物都是上帝造的，花開花落都在祂的手中，我們能看到它
開花，是神的恩典，應該謝恩。」

# 垂榕樹

我喜歡花草，閒時也會種種花；但是，卻沒時間去研究它們，有時候甚至連名字也不知道，或是只知其英文名而不知其中文名，但那又何妨？

清晨在村子裡散步時，常會看到行人道上各式各樣的樹木，有一種樹，有些人家把它修剪得像一個大圓球，有的把它修成三角形，像棵聖誕樹，有的人把每個分叉的枝葉，修剪成大小不一的小圓球，也有的任其茁壯，枝葉繁茂根鬚下伸。我常站在樹下端視著，心想，這是什麼樹？從它樹幹上垂下的根鬚來看，應該是榕樹；但葉子又不太像，我只能把這疑問藏在心底，待以後有機會再去研究。

提起榕樹，我就想起我家門口那棵被村委會為了修路而強行拔掉的那棵榕樹。它本來是長在一個大約十寸寬的貝殼中，那是二十多年前一位朋友送給我們的盆栽，我們照顧了好幾年，它越來越大，我和外子對於照顧盆栽又沒常識，因此外子就把它移植到行人道上。誰知，卻讓它遭了殃！

今年暑假和外子回廈門時，在我們住宿的賓館門口，有一排我經常看到的樹，整整齊齊的，修剪得一樣高。在那第一棵樹上，掛了一個牌子：「垂榕樹」，也叫「垂葉榕」。哈，真是得來不費功夫。別以為它只是大戶人家的裝飾品，它高可達20米，在熱帶雨林里它常常以絞殺方式「稱雄霸道，殺死寄主，取

而代之」。當動物把它的種子携帶到其它樹木的枝枒或樹皮裂隙上後，這些種子便會萌芽生長。幼小的垂葉榕能產生不定根，隨著榕樹的不斷長大，它的不定根互相交叉、融合，逐漸將寄主樹木包住勒緊，並借助寄主樹來支撐自己軀體。當它逐漸長成為大樹時，它的根和莖已整個地包住寄主樹，寄主樹最終由於輸導組織被卡緊，營養虧缺而枯死，它自己卻變成為獨立的大樹。我家牆壁上的裂縫中就長出了一棵小小的垂榕樹，我正考慮該如何處理它。

我們出入賓館總是匆匆忙忙的，那天從外面購物回賓館，站著等電梯時，發現大廳旁有幾個盆栽，最先吸引我的是它那被編織的莖。它不像富貴草那樣被人用絲線編札起來，而像是被人用剝皮壓札，把兩棵樹的枝椏連結起來，編成一個樹網，成了大廳上的一個裝飾品，再看到它上面的樹葉，才發現是垂榕樹。想起它在樹林中的霸道，看到它現在的模樣，我說不出該為它高興還是難過。

# 足跡

凡事都有定期，天下萬務都有定時。生有時、
死有時。栽種有時，拔出栽種的，也有時。
殺戮有時、醫治有時。

——《聖經‧傳道書一章》

窗外還不見亮光，想翻個身繼續睡下去，怎麼左腳不能動
了？而且大腿稍動就令我痛哭流涕。這疼痛的哀聲驚醒了枕邊人。

星期天，到哪裡去找醫生？到醫院，病痛沒治好之前，病人
已被一連串的訪問、檢查拖累死了。這可不是誇張話。猶記得幾
年前一個星期天的夜晚，大約八點多鐘左右，一位遠親因心臟病
突發送緊急室，我們在緊急室外候著，一會兒來個護士問話，一
會兒來個實習或是駐院醫生檢查；病人的家屬要求聯絡病人的
心臟科醫生，卻始終聯絡不上……第二天，病人就走上永恆的道
路了。

在床上動彈不得，不知該做什麼才好。這時，外子一下子又
想起了他的結拜兄弟蔡少康先生；本以為星期天他在義診中心服
務，打電話過去後，發現他還在家，這可是大好消息，因此吃過
早餐，女婿便開車送我過去。大腿、小腿插了幾針之後，雖還不
能上、下樓梯，總算能跨步走路。少康兄笑著對我說：「好了。
你應該感謝主。」

　　是的，是應該感謝主，感謝祂讓少康兄有解除病痛的智慧。一路上，我也感謝上帝，祂只是讓我的腿不能動，而不是讓我的器官全部停工。

　　人的一生有兩件事是我們無法掌握的：

　　我們無法向母親說：「母親，讓我在子宮裡多停留幾天吧。母親，我不喜歡到那複雜的社會。」

　　我們也無法向上帝說：「神啊，我的工作還沒做完，讓我多活幾天吧。」

　　因此，我們只能好好地掌握今天。我們今天做了些什麼有意義的事？身為老師、長輩，我們留下了什麼樣的榜樣讓我們的晚輩學習？身為朋友，我們為他們付出了什麼？身為基督徒，我們的生活是否能彰顯神的榮耀？

　　這時我想起了一首英文詩歌，其中有這樣的一段話：

　　　　願我們留下的足跡，能讓他們相信，
　　　　願我們的生命能感動他們來順服，
　　　　願那後來者能看到我們的信實。

　　上帝讓我們在勞碌中享福，這是祂給我們的恩賜，我們在世上的所作所為，無論是善是惡，當我們回到祂面前時，祂都會一一審問，因此，在我們有生之日，就得存感恩的心，敬畏祂，謹守祂的誡命。讓我們留下美好的足跡給後來者……

# 第二輯

生命就像一列火車，

有人中途上車，有人半途下車，

也有與我們同到終站才下車的。

這一路上，與我們擦身而過的有多少人？

我們曾經關心過多少人？又得罪了多少人？

# 首遇靈異事

經常聽已離我們到他校高就的黃老師講靈異故事，有的是他親身經歷，有的是他聽來的。什麼靈異界的他們，有的在看電視，有的會沖馬桶，有的會開廚櫃整理東西，都是一些奇奇怪怪的故事。

女兒唸大學的時候，也經常講些奇異的事給我聽。有哪間鋼琴、聲樂練習室裡，即使沒人在，你也會聽到鋼琴或歌唱聲。哪一間課室裡，有時候會看到一家四口圍在一個角落，一起用餐。

曾經聽說，有人在拍團體照時，照片沖洗出來後，發現裡面多了一個陌生人。或者打電話去找朋友，朋友家沒人在，卻有人接電話，回答你的問話。

俗話說：「怕鬼又要看目蓮。」我們也是這樣，喜歡聽，聽完了，心裡又怕怕的。單獨工作時，心中很不自在，很想趕快辦好事，早點離開。沒辦法速戰速決的話，就一邊工作，一邊唱聖詩。「有主在我船上，我就不怕風浪……」，心中有主，就不怕了。

有時候，我很感謝上帝，沒有給我那種特別的恩賜，不然像我這種膽子小的人，日子真不知要如何過。

　　　　＊　　　　　　＊　　　　　　＊

有一次，我要去找一位從外地來的朋友，到了那座大廈，我卻忘了朋友的親戚是住在哪一樓；於是我一邊拾級而上，一邊拿

手機跟朋友聯絡。從包包裡拿出手機，輸入朋友的名字，一看，哎，按錯鈕，怎麼是照相機？仔細一看，鏡頭裡面有拖把左右往回。奇怪，我可沒錄過這種景象。再詳細看看，拖把拖的是我現在在爬的樓梯呀！我稍微移動手機，看到的是我自己的雙腳！

我左右一看，沒人！

我的主，我的上帝，那是什麼？

我全身起雞皮疙瘩，加速腳步上樓，站在人家的門口再打電話給朋友。

見到了朋友，把我所遇到的事告訴她，她說那棟樓常有靈異的事發生，還說：「你沒見到無頭人算你福氣！」

上帝，求祢守護我，今後的日子，不再有這種事發生。但是，上帝阿，在活生生的現實生活中，有些人比靈異界裡的「人」更令人髮指，求祢也保守我有生之日不要碰到這種人。心正所願。

# 筆難寫盡

*主啊，我神！每逢我舉目觀看，*

*您手所造，一切奇妙大工；*

*看見星宿，又聽見隆隆雷聲，*

*您的大工，遍滿了宇宙中。*

假日喝咖啡似乎已經成了朋友相聚的代名詞了。幾天前，朋友電郵問我哪天有空再聚一聚？我想起這星期難得有個假日，因此立刻回郵說廿五號。今天早上七點多鐘，朋友就來接我一起喝咖啡去了。

飲食店裡，幾杯咖啡，幾杯巧克力，幾盤小菜，我們竟聊了一個上午；而更令人興奮的是，我們碰到了朋友的一位朋友，是個藝術家。藝術家很健談，給我們分享了他的一些經驗，其中最打動我心的是他觀鷹的經歷。聽他描繪老鷹展翅翱翔、張爪突擊小動物，我們都被他的神采深深吸引著。最讓我心動的是他看到老鷹離世時那種傲然的神態。牠站在石頭上，昂起頭，展開著的翅膀，像一襲戰袍披在肩上，看得見牠在喘息；但牠始終未曾垂下頭，直到咽下最後一口氣，牠仍然仰首傲立，眼睛也未曾閉上。這時，我看到藝術家的臉上浮出對老鷹的崇仰，我似乎也看到老鷹那種坦然無懼，視死如歸的心態。

　　大家都靜了下來；心中或許也在描繪著老鷹的形象。

　　「有沒有畫下來？」有人問。

　　「沒有。」

　　「為什麼？」

　　「筆墨無法畫出那種神態。那時候，我心裡想的是，只有上帝，只有上帝才能創造出如此美好，如此令人難忘的東西。那時候，我真正的體味到，人沒有什麼值得誇口的。」

　　是的，人有什麼值得誇口？

　　是的，造物主真是偉大。

　　記得幾年前，我和家人到Caliraya山莊度假。那幾天細雨濛濛，我清早起來在草地上散步。一抬頭，哇！多美的彩虹，不是一道彩虹，而是兩道！兩道完完整整的彩虹，一道在上，一道在下。我好想往前跑，跑到彩橋下，走上七彩橋，看看橋的那邊是個什麼樣的世界；看看橋的盡頭是否有美麗的仙女，奏著悅耳的仙樂。

　　紅、橙、黃、綠、藍、靛、紫，多美麗的顏色，那麼和諧地搭配在一起，令人百看不厭。世界上有哪個畫家能調出這麼悅目的顏色？

　　空閒時，最喜歡坐在院子裡看天空。看朝霞、看晚霞，看千變萬化的雲朵，然後高唱：主啊，您真偉大！

# 同一條街上

　　早上七點多鐘，路過咖啡廳，咖啡廳外面已泊了好幾部汽車，咖啡廳裡的座位也幾乎坐滿了。玻璃門一打開，就飄出一來陣誘人的香味。

　　炎熱的天氣，能坐在冷氣房裡，喝杯咖啡，不管是冰咖啡或是熱咖啡，都不錯嘛。反正不必上班，何不進去享受一下？

　　喝咖啡是我最近一、兩年來才嘗試的，週末或假日跟年輕一輩出去，他們常要我和他們一起上咖啡廳喝冰咖啡。我很少喝咖啡，尤其是在晚上，因為咖啡和茶常令我失眠。起初和他們去喝咖啡，總是要一杯大號的，然後與女兒分享，現在，自己也能喝上一杯了。

　　我走進了咖啡廳，點了一杯摩卡霜凍咖啡後，就在玻璃圍壁旁的沙發坐下。咖啡廳外，驕陽高照，路人都匆匆地趕著路。我一邊喝冰咖啡，一邊翻看雜誌。

　　我喜歡吃巧克力，因此對摩卡霜凍咖啡也有點偏愛。大家都知道摩卡就是加了咖啡的巧克力。用果汁機將冰塊與冰淇淋調和，再加上沖泡好的冰咖啡，就成了一杯香、甜可口的咖啡。喝一口摩卡霜冰咖啡，會有綿綿的、滑滑的口感。我這樣一口一口，慢慢地喝著，想清清涼涼地渡過一個炎夏的早晨。

　　閱完一篇短文，我望望咖啡廳外，大街上車輛不多，咖啡廳對面都是些大住宅，轉角處的那戶人家，他的圍牆外有幾家破

木屋，破木屋沒有窗門，只有一扇木門，有的木打門開著，看得見躺在地板上睡覺的小孩。大街上有光著腳、赤著身的孩子在玩耍。街旁有一部手推車，車上有捆扎得整整齊齊的舊報紙，該是挨家挨戶收買回來的吧？就那些舊報紙，他能賺多少錢？

　　在他身後有個小食攤，小食攤上一鍋鍋的食物，幾個三輪車夫在那裡，有的站著，有的坐在木凳上吃著，那小食攤，每天能賣多少？

　　心裡突然有一種不安的感覺。坐在這裡喝冰咖啡，花費一百多元買一早上的涼快，而他們卻在驕陽照耀下奔波流汗，只為了掙幾塊錢來維持一家的生活。

　　木屋旁那兩扇大鐵門打開了，一部深藍色的BMW緩緩而出。多少錢啊？一部這樣的車。

　　手推車、腳踏車、三輪車、公交車，各種品牌的汽車，都在同一條街上行駛著……

# 你若錯過這班車

這幾個月來，由於來往學校的一些街道都在修修補補，我都懶得自己開車。家離輕型電車站並不太遠，因此，我若沒攜帶太多東西的話，上下班都搭公交車了。

每次站在車站上等電車時，都會想起六十年代很流行的一首英文歌，《Five Hundred Miles》。內容是寫一個要離家的人在告訴要來送行的朋友說，你若錯過這班車，你就知道我已走，你將聽到五百英里外汽笛的鳴聲。接著的場面似乎是流浪人要回家的心聲，他說，行李裡面什麼也沒有，兩袖清風如何回鄉見父老？主，我離家有五百英里。

我無法解釋每次在車站上會想起這首歌的原因；但每次想起它，心情就很沉重。

生命的道路上，我們曾經錯過了些什麼？

親人、朋友、師長病了，在醫院裡，總想去探望，可是由於種種原因，或許也有不成原因的原因，我們沒去探望，結果就再也見不到他了。

曾經聽說夫妻吵架，丈夫一生氣，披上外衣出門去了。太太由於火氣上升，說聲：「你就別回來。」是命中注定吧？丈夫竟然在路上因車禍，再也不回家了。他們錯過了一個彼此道歉的機會，妻子帶著內疚、疼痛孤獨地走在人生的道路上。

　　朋友相聚聊天的時候，為了一個小小的玩笑，為了心中的那份傲氣，而與朋友鬧翻了，再次見面時，我們是否能握手言歡？否則有朝一日，我們會發現我們已經失去了握手的機會了。

　　生命就像一列火車，有人中途上車，有人半途下車，也有與我們同到終站才下車的。這一路上，與我們擦身而過的有多少人？我們曾經關心過多少人？又得罪了多少人？

　　終站下車之後，還要上那部奔向永恆的列車，我們是否也曾認真的思考過，我們的永恆是在哪裡？《聖經》上記載：你們要進窄門，因為引到滅亡，那門是寬的，進去的人也多。引到永生，那門是窄的，路是小的，找著的人也少。

# 路

　　幾年前，流行著一首歌，歌名為《牽手》。每次唱這首歌，心中總有淡淡的傷感。是歌詞感人，或是旋律動聽，我也說不出來。

　　人生的道路上，不一定是香花遍佈，也不一定是荊棘滿地。走在翠綠的草地上，你可能會碰到一隻流浪狗，讓你膽怯，不敢前進，那時候，與你相伴而走的朋友，可能會牽著你的手，同你閃避那條狗，繼續前進。

　　「沒有風雨躲得過，沒有坎坷不必走」。每個人都走在千萬種不同的路上；但每個人的路上都有躲不過的風雨，也有坎坷難走的道路。風雨什麼時候會來，我們不知道，地震什麼時候會發生，沒有人能預知；只是風雨來的時候，總會有一把傘為我們撐起。四川地震的災難之中，就有那麼多雙手牽著手，同心拯救災民。「所以安心牽著你手，不去想該不該回頭」。

　　前些日子，外子突然提起說：「應該寫回憶錄了。」

　　或許走過了半個多世紀的人，都會有這樣的想法。真要寫回憶錄的時候，該寫些什麼？

　　人的一生中，不可能全無讚賞與呵掌。我該寫讚賞還是呵掌呢？應該是兩樣都寫吧。無論是讚賞或是呵掌，我們都不能忘記那些在風雨坎坷路時，曾經為我撐傘，扶我一把的那雙手；而更可貴的是，有了他們從中的協助，我才能瞭解到自己的優點與缺點，更瞭解到人性的可貴和可惡。

　　或許也該提一提路上碰到的野狼走獸，還有那一堆堆的狗
糞，可能也有那突然射出的暗箭，因為沒有這一些，我就沒辦法
瞭解到人性的善與惡。有了這一些，我才更懂得珍惜點綴在路旁
的鮮花與綠草，懂得靜下心來欣賞那鳥語花香。

　　有人的路燦爛輝煌，有人的路浮華美麗，我的路不燦爛也不
華麗；但我毫無怨言，我只感謝神所賜給我的一切。在我非常年
輕的時候，祂為我安排了一位很慈善的啟蒙之師，她指引我走上
一條安寧的道路。她讓我知道要「專心仰賴耶和華，不可倚靠自
己的聰明；在你一切所行的事上，都要認定祂，祂必指引你的路
（《聖經‧箴言‧3章‧5、6節》）所以，雖然「有了伴的路，
今生還要更忙碌」，我還是要慢慢地往前走，一路上，或許為自
己，或許也為別人而忙碌。盼望每個人都會「愛著你的愛，悲傷
著你的悲傷」而伸出那雙溫暖的手來牽住別人。

# 《給我一顆中國心》

奧運即將在北京開幕的前幾天,老師課前的禱告會,多數的老師都會為奧運的順利開幕及進行而禱告,禱告前唱的詩歌,好多位老師都選擇《給我一顆中國心》;或許這是我們這一輩華人華裔的心聲。這首歌的曲和詞是章啟明作的,想必他是一位旅居歐美的華人。歌詞是這樣寫著:

> 給我一顆中國心,一顆中國心,
> 每當我在寄居地歌唱,想到你就哭了
> 中國啊,中國啊,
> 我心所愛願你不再哭泣。
> 中國啊,中國啊,
> 若我忘記你,情願右手忘記技巧。
> 中國啊,中國啊,
> 若不記念你,情願舌頭貼於上膛。

沒有花言巧語,只有他心中的思念;其中「若我忘記你,情願右手忘記技巧,」及「若不記念你,情願舌頭貼於上膛」,這兩句是借用《詩篇137篇第5、6節》。這是猶太詩人揭露他們被擄於巴比倫的心情;俘擄他們的外邦人要他們作樂唱歌,他們不願意,於是把琴掛在樹上,情願彈琴的手忘記技巧,情願舌頭僵

硬，也不為敵人作樂唱歌。他們的心緊緊地繫在他們的祖國。這令我想起，我們海外華人華裔的心也緊緊地與祖國相繫。

　　幾百年來，每當祖國在災難之中，海外華僑都毫無怨言地捐錢幫助。祖國向外開放，華僑回國幫助開發，二○○一年北京獲權舉辦奧運的時刻，多少華人為之興奮。大家都迫切地等候著○八年的八月八日。五月四川大地震，多少中國人守在電視機前關心著災民的情況，多少人獻出他們的勞力去幫助搶救災民？多少人為著即將開幕的奧運而祈福？這是因為我們都有一顆中國心；只是，這顆中國心還能延續幾代？

　　奧運會開幕的那天晚上，相信全球多數的華人都守在電視機前觀看，看北京不夜城。看中國五千年文化在畫卷展開。那展開的畫卷把中國的四大發明演繹給世界各國的觀眾，中國漢字的演變曾加了外國人對漢字的認識。從甲骨文逐漸演變到現代漢字的「和」，傳達了中國人的心聲，我們是一個以和為貴的民族，我們渴望全人類能夠和諧相處。

　　展示絲綢之路的中國舞蹈，那滿天飛舞的長長的絲綢，讓我們看到中國女性的幽雅與魅力。

　　李寧手執火炬，被吊上鳥巢體育場的頂端，沿壁飛奔到主火炬旁，點燃導火線，把奧運火炬點亮的那場面是那麼獨特、多麼有創意。那時刻，多少觀眾的心都牽繫在李寧的步伐上。火炬點亮的那一剎那，觀眾的眼光也被點亮了。中國，她已不是東亞病夫。但願我們年輕一輩的香蕉心，能跟我們同樣有一顆中國心。

# 遺產

前些日子和外子聊天時，他提起了幾位朋友，說他們命運好，父親留下了地房產，現在到了退休年齡，就不必為生活費用而發愁。我說，那也未必。父親留下的遺產要看交給誰管理，掌管的人必須是個非常公正的人，否則就問題多多。他聽了我的話，看了我一眼，想了一下，然後說：「說的也是。」

先翁為人正直，祖父逝世後，留下來的錢財，他平分三份，一份給遠在他鄉的弟弟，一份給臥病已久的妹妹，就連祖父的醫藥費，他都自己承擔，寧願自己吃虧也不占弟妹的便宜。面對這樣的長輩，我是由衷的敬佩。

社會上就有不少為了遺產而鬧得翻臉的手足。

華社一兩年前不也有不肖子，父親健在，竟狠得下心逼走父親與兄弟的？

朋友的夫家有一筆遺產，做大哥就坐享其利，獨自吞掉，弟妹生活情況青黃不接，他忍心袖手旁觀。

幾個月前，一位老同事來我家，她去年退休在家，閒著無聊，想在住家附近開家小商店，可是拿到的退休金不夠做本錢，又不好意思向朋友借，於是想起了娘家。她父親去世前留下了些房地產，每個月的房租為數不少，由於母親健在，所以家產還沒分給子孫，全由老大掌握；那時候，母親精神清醒，每個月都把

收來的租金分給子女，說是讓他們補貼家用。最近幾年，母親年邁，什麼事都不知道了，朋友再也沒收到「補貼金」了。

那天朋友便去找老大，想向老大領取「補貼金」，沒想到老大竟一口拒絕了，理由是：最近生意不好，沒錢。

朋友聽了，真是啼笑皆非。難道父親的房子都給人家白白居住了？老大成了大善人了？自己兄妹需要錢的時候反而沒辦法幫助。

更讓朋友不開心的是，這幾年，老大出了好幾次國。不是說生意不好？哪來的錢出國？

我聽了也覺得很好笑。

錢，大家都需要，但是，把別人的錢佔為己有，似乎不合道理；更何況是自己兄弟的錢？自己年年出國，卻對弟妹的需要視若無睹，於心何忍？

我記得許祖權醫生在世時，曾經說過一句話：「不要把錢留給子孫，最好是把知識與技能留給他們。」

我想，他的話是對的。先翁留給我們的品德與知識遺產，是別人所不能搶奪的。

# 上銀行

　　我不是生意人，所以也很少上銀行；提款、儲錢、付信用卡或手機費用，通常都是到提款機去辦理。去過幾次銀行，卻常碰到我自以為是很不如意的事；原因是我不是大客戶，況且臉上寫的是「老師」，為人師表者，要辦事更必需按部就班；可是這樣做，有時常覺得自己很吃虧。試舉幾個例子：

## 例一

　　有一次，到銀行要辦點小事，一踏進門，守衛就遞給我一個號碼，我習慣了，拿了號碼，看看櫃檯上顯示的號碼，知道前面還有三個客戶，我找個空位坐下來等候。剛坐好，從大門走進來一個跟我穿著一樣制服的人，守衛給了她號碼，她看也不看，直接走到櫃抬去，把手裡的東西遞上去，櫃台後的服務員接過她手裡的東西，微笑著說：「阿姨，早上好。」

　　只幾分鐘，她的事就辦好了，她轉過身看到我，跟我笑笑，推開門出去了；可我卻還得坐著等候。

## 例二

　　午飯過後，我又到銀行去辦事，這是另外一家銀行，同樣的，拿了號碼，坐著等。閃示牌上的號碼是86，我的號碼是89，

我坐下來，看看四週，銀行裡只有我一個顧客，兩個服務員在櫃台後笑著聊天，我等了一會兒，號碼始終停在86號；於是，我走向櫃台，遞上手裡的支票，服務員看看我手上的號碼，然後指一指顯示牌，示意要我等。我忍住氣說：「我來了一會兒，那個號碼根本就沒變，這裡又沒顧客，你要我等多久？」

其中一個男服務員一臉不悅地抬頭看看顯示牌，很無奈地接過我的支票和存款簿，開始工作，顯示排上的號碼一下子就跳到89號。

# 例三

老三向他的朋友買了台新電腦，先提貨，再付錢；那天他要我幫他把錢存進朋友的戶口裡，我提早出門，到老三說的那家銀行。這家銀行是沒有分派號碼的，要辦事就得排隊。我是第四個看看手錶，應該不會遲到。

一個個客戶走了，我前面那位客戶把手上一大包的錢交給服務員，只聽他說：「我下午再回來拿。」說完就走了。

換成是別家銀行，服務員會先把那位客戶的事按下，先為其他客戶服務，可這位服務員卻沒那麼機智，她打開包來數錢，把鈔票摸一摸、照一照，花費了好多時間，我看看手錶，再不辦理我就要遲到了。於是，我走向前，跟她商量讓我存款，可她卻兇巴巴地說：「還沒輪到你。」

我忍住氣等，也心疼那因遲到而將被扣掉的那筆錢……

# 都是建築物惹的禍

　　隨著油價的飆升，一般人的生活費用真的有青黃不接了。當然的，也有一些人的生活根本就不受影響。就我們住的村子來說，晚上十點多鐘回來的時候，你會發現街道兩旁停了滿滿的車子，本來兩部車子可以相向而過，現在就必須相讓而過。送我回來的朋友問我：「車子為什麼不停在車房裡？」

　　我說：「通常車房可以停兩部車，但是，現在一戶人家都有三、四、五部車，所以只好停在街道旁了。」

　　儘管物價高升，影響了好多人家，但對有錢人家來說，似乎沒有多大影響。村子裡，新建的樓房也不少。朋友家旁邊一片空了好久的地，幾個月前就開始興建一座六層樓的大廈。早年，村子裡是不允許商業區建築超過三層樓的大廈，可是自從政府接任管理村子之後，這條禁令似乎就沒有人注意了。

　　這座六層樓剛興建的時候，打地基就震得朋友好難受，接下來的日子，更是鬧得我年輕的朋友幾乎無家可歸。

　　那是五月一個星期日的晚上，朋友攜兒帶女回娘家去。那天下午，下了一場大雨，朋友晚飯過後才回來。打開門，開了燈，朋友被眼前的景象嚇得哭叫不得。她立刻打電話來要我幫忙。我和外子趕了過去。天啊！整個一樓淹了將近兩寸多高的水，朋友的鋼琴被淋濕了，一箱箱的樂譜及書籍都泡在水裡，朋友的眼淚幾乎要掉下來了。「這些書跟樂譜是我從美買回來的，好幾萬塊錢啊！」

外子把孩子帶到我家。我幫朋友把書一本本從箱子裡拿出來放在餐桌上。朋友忙著找警衛來見證所發生的一切。警衛進門也嚇了一跳：「怎麼會這樣？這座房子已經三十多年了，從沒發生過這樣的事。即使去年的大颱風，也沒淹水。」

我們上了二樓，二樓的情況和一樓差不多，電腦被淋濕了，床也遭殃了，今晚如何睡？

「水是從天花板滴下來的，一定是隔壁那座建築物的關係。」朋友這才記起兩天前，她和孩子在午睡的時候，聽到有東西掉到屋頂上，一定是屋頂被撞破了。

朋友向警衛要了房主的電話號碼，連絡上了房主，房主推說是承包商的事，與他無關。找承包人，他說他正在喜宴上，無法分身，花了好多口水，他才派工程師來。工程師來看了一下，說是朋友家屋簷的排水槽有問題。那時外子剛好又返回來，就告訴他：「朋友，我也曾經搞過建築的，你們已蓋到三層樓，安全網等等保護措施都沒有，還怪人家的排水槽有問題。他們都住了幾十年，房子漲水還是第一次碰到的。」

最後，他答應要來修。

兩個多月過去了，朋友家淹了五次水，天花板漏水的問題都沒解決。每次下雨，朋友都提心掉膽的。最後，相約在保甲長的辦公室會談，仍然是那句話：「好的，我們會來修。」

朋友家仍然沒有改善。下雨天，大家都希望能待在家裡取暖，可憐我的朋友，卻活在恐慌中。這是誰惹的禍？

# 談保甲長

下了幾天雨，我那年輕的朋友可不能安心了。每個雨天下班回來，她的心就怦怦不安地跳著。她不知道當她打開家門的時候，呈現在眼前的將是什麼樣的畫面。

又是一個大雨天，當她打開家門時，丈夫的拖鞋在水中浮盪著。孩子們沒辦法進屋，她一個人脫下鞋子走進屋裡去，打電話到保甲長的辦公室，請保甲長過來看看，（保甲長的辦公室就在她家的對面）。保甲長說：「現在已快下班了。我過去看也沒用。」就這樣把電話給掛上了！

年輕的朋友氣得快發瘋，她自己一個人如何清掃？自第一次家中漲水至今已經五個月了。這幾個月來，隔壁的建築物給她添了好多麻煩，不只麻煩，還加上精神威脅。周末在家，屋頂上忽然「碰」的一大聲，驚醒了在午睡中的他們。深夜裡，一陣雨聲，夫婦倆提心吊膽的，雨要是再大一點，滲入他家的屋頂，他們一家大小如何安睡？

那天她發瘋似地跑到建築場地，叫了他們的「工頭」過來看，「工頭」一看連連道歉。「道歉又有何用？」她說。「叫你的工人過來幫我清洗。」那些工人倒很合作，立刻過來動手幫朋友清洗。

年輕的朋友把這件事告訴我後，我想起了前任的保甲長。假如前任的保甲長連任，這種事會發生嗎？

　　記得我家的楊桃樹，樹葉常掉到鄰居的庭院及屋頂。我們每年都要雇工人來修剪。幾年來可說是相安無事；可是自從後面的房主人退休在家後，他幾乎每兩三個月就會要我們修剪楊桃樹。有一次，我們還收到保甲長發來的傳票，要我們到他辦公室去接受問話。在保甲長的辦公室裡，對方堅持要我們把樹砍掉，說我們種得太近圍牆，犯了規。執理爭執了一陣子，保甲長決定第二天到我家來看。

　　第二天一大早，保甲長帶了守衛、警察來了，當場量了樹和圍牆的距離，確定我們沒有違規，這件事總算解決了。

　　反觀朋友的事，已經報告保甲長，保甲長竟然毫無行動，推說辦公時間已過，不到現場察視，這如何為村民服務？

　　這幾個月下了好幾場的大雨，我們家門口都沒漲過水，這要歸功於前任的保甲長。漲水已經是好幾年前的事，現任的保甲長是東山再起，當年他在任時，雖也曾修過水道；但毫無作用。後來換了保甲長，漲水問題才算解決。可惜，不知他為何會落選？若讓他連任，像朋友所遇到事，他會如何處理？

# 睦鄰

最近，由於村子裡在大修水溝，好多街道都被挖成一條三、四尺寬的河流，我家門口也受波及；受波及的人家，車子都不能泊進自家的車房，只能停在路旁；可是路旁哪有那麼多空間可供我們四家使用？大家都為此事傷腦筋。

那天要挖掘我家門前的那一段路時，村長來通知我們從那天開始，我家的車子就沒辦法駛進車房了。

我和家人站在門外研究車子該停在哪兒。西鄰空地，這些年已經成為鄰居運輸車的停車場，我們的車子是沒辦法再停上去，唯一的停車處是對面人家的路邊，可是人家會允許嗎？

這時候忽然聽見有聲音從對面傳來：「少年的，少年的。」

那當然不是在叫我。我推推女婿的手臂說：「好像是在叫你耶。」

女婿回轉身，對面的女主人說：「少年的，把車停在這邊。反正又不會挖我們這邊。」

我們還在考慮時，她又說：「趕快把車停過來，待會別人的車停過來，你們就沒地方停車了。」

原來人的心都有兩面，以前常常計較不讓人把車停在他們那邊的人，在患難的時候，心中的善念竟然流露了出來，那是多麼感人的一件事啊！

　　每個人的行程都有習慣的路線，我當然也不例外；道路被挖了之後，習慣走的那條路不能通行了，我只好走另一條路。我在這條路上發現了兩個牌子：一戶人家的門前有個排子寫著：「No U Turn」，而他對面人家的門口也有個牌子，那牌子這樣寫著：「Yes, U turn allowed here」。兩個牌子，兩種心胸。捫心自問，我們給別人看到的是哪種心懷？

# 爆竹聲中

　　曾幾何時，女兒還抱著剛滿四個月的兒子在房間裡踱著，我和老大忙著把兩三條床單當窗帘往女兒房間的窗口掛，一來是想減少除歲的爆竹聲響傳入室內，驚動酣睡中的嬰兒，再者是想擋住那濃厚的煙味闖進房。怎麼一轉眼，又到了爆竹迎新的時候了？

　　看看站在我身旁的小外孫，已經能拉著我的手走路了，啊，時光，真是催人老啊！

　　三十號那天，小外孫站在我身邊，欣賞著對面的聖誕燈，這是他一個月來每天「必修之課」。突然，街上傳來「唆」的一聲「口哨爆」，小外孫嚇得轉過身來雙手緊抱著我的腿，我正彎腰要抱他，「唆」的又一聲，小外孫哭了，我還沒抱好他，又「唆」了兩聲，這時，從樓梯傳來一陣急促的腳步聲，是他外公和舅舅聽見哭聲跑下來，接著是他的母親披著濕漉漉的長髮跟著下來。大人們三言兩語的，總算把孩子安定了下來。

　　那時，我心想，明晚，把窗門關好，開了冷氣機，我要讓孩子看爆竹、看煙花，讓他知道那震人的聲響是從那裡來的。

　　除夕夜，吃過年夜飯，我們全家都躲進房間裡聊天、吃零食、逗小外孫。已經到了小外孫該睡覺的時候了，他還不上床去，一直要我們輪流抱著玩。

　　十一點鐘左右，窗外就不斷有煙花出現，小外孫專注地望著那五彩繽紛的煙花，對那偶而傳來的幾陣爆竹聲，竟不那麼害怕了。時針與分針就快相疊時，女兒忽然大聲叫我：

　　「媽，那是什麼？」

　　我挨近她，往窗外看，路中間有兩個人，暗淡的燈光下，依稀能認出那是11號人家，他倆合力拿了一大卷連環爆，從我家和他家之間的空地，順著道路放，過了13號，一直到17號，算起來，那串連環爆大約有十幾米長。

　　「那是連環爆。」我說。「抱緊孩子，把他的耳朵掩住，讓他看爆火。」

　　「那麼長？」

　　往年，鄰居的爆竹只有一兩米長，今年可能是發大財，爆竹竟是那麼長。

　　火點上了，霹靂啪啦霹靂啪啦的，小外孫睜著大眼看，一隻耳朵貼在母親的臉頰，另一隻耳朵被母親和二舅的手掩住了。爆竹燃到哪兒，小外孫的眼珠也轉到哪兒。

　　數萬塊錢的連環爆燃光了。這時，13號人家也拿出了一大卷連環爆，他們把爆竹在自家門口繞一大圈。又焚掉了數萬塊錢。

　　「媽，知道那些爆竹值多少錢嗎？」老三問。

　　「知道多少人家三餐沒得吃嗎？」我問。

# 不識好人心

那天和朋友到一家大旅館的大廳去參加會議。

是午餐後的那段時間，有位「領」字輩的人站在旁邊聊天，起初只聽見他在比較哪間學校好，哪間學校的領導比較虔誠，所以生數日增，我坐在一旁靜聽，只覺得他說的全是廢話。不久，他走到我們跟前和我們搭訕，他眼看著我的朋友，然後我聽見朋友問：「不認得我了吧？」

「很臉熟，但忘了你是誰。」

「我是×××的女兒。」

「哦，怪不得。」他說。然後他轉向我們，「他父親是我們的恩人。你知道他父親以前稍有名氣，開了一家傢俱店，而我父親是個教書匠，因此他的父親便幫我父親在我們家的樓下，設立一間小規模的包沙發店。哼，可他父親可把害死了。」

聽了這句話，我捏了一下朋友的手。

「我每天放學回家，」他接著說：「父親就叫我拿錘子，釘呀釘的。父親為了巴結他，還讓我弟弟拜他為誼父。你們都知道，社會就是這樣，需要人家幫忙的時候，就把自己的兒女跟他拉上關係，像我……」

這時候朋友的手緊緊地握住我的手，她的手好冰冷，然後我聽見她說：

「你吃過午飯了嗎？」就這樣打斷了他的話。

　　我聽了這位「領」字輩的人的話後，覺得他真「絕」。一位老師的孩子，家境困難的時候，有人從中幫忙，應該惜福，放學回家拿錘子幫父親的忙，有什麼好埋怨的？當年若沒有人拉他一把，他現在會有這種地位嗎？朋友的父親已安息，他何須說這種話？

　　回家的路上，我向朋友問起中午的那件事，朋友說，她那時候還小，但知道「領」字輩的人家就跟她的家一樣，樓下顧了工人包沙發，生意好的時候，她也要拿小錘子釘沙發椅下的麻布，可她並不覺的有什麼不對。

　　朋友記得那位誼兄，每年萬聖節都會到她家來借車，要去掃墓。她跟誼兄每年也只見一次面。後來，不知道為什麼，誼兄不再來借車了。從此，兩家就斷了音信。

　　俗話說：「船過水無痕」，就是這個意思吧？至於「領」字輩的那種態度，我想那是「狗咬呂洞賓」。我勸朋友把他的話扔進垃圾桶裡算了。

# 性本善?

前幾天看到老友欣荷的文章:《原罪》,講述她的小孫子在幾分鐘內編了兩個謊言,進而為「人之初,性本善」這句話感到困惑。對此,我心中也略有同感。

「人之初,性本善。」中學時代,我們就一直在為此爭辯著。一個剛出生的嬰兒應該是純潔善良的,可是當他漸漸長大,一直到週歲左右,他的惡性就會漸漸表現出來,這些惡性是從哪裡來的?是長輩教他的?是他自己學來的?其實都不是。是與生俱來的。

小外孫幾個月前開始學走路時,我常帶他到後園走走,讓他看花,聽鳥聲,看貓兒。看到花,他會伸手去摸摸;聽見鳥聲,他會昂首望天空;頭幾回看到貓兒,他會蹲在一旁看,漸漸地,他會伸手想要捉牠,我怕他被貓咬傷,阻止了他,最近,他竟然會用腳去踏貓尾巴。儘管你告訴他不可這樣做,因為貓兒一痛,會反過來咬他,但他還是會想去傷貓兒。

小外孫還不會說話,但卻能明白我們的每一句話。不高興的時候,他就會把手中的玩具用力扔;責罵他,他會微笑著看著我,然後又伸出握著玩具的手,試著要把玩具再扔掉,我向他搖頭,示意他不可,他還是把玩具扔了。我拾起玩具拿給他,他還是那副調皮相,這次我狠狠地盯著他,警告他若再扔到地上,我就把玩具丟進垃圾桶裡,這下,他才收起笑臉把玩具放在桌子上。

　　前些日子，到附近的一家超市買東西。付好錢，收銀員告訴我能獲得抽獎彩券，領取彩券的櫃台後面是一個六、七歲的小女孩。小女孩可能是女老板的女兒，暑假沒事，跟著媽媽到超市來幫忙，也可逃避那炎熱的氣候。小女孩拿了一本記事簿，寫上日期，填上一個2字，表示給了我兩張彩券，然後要我簽名。我簽上名，她卻只遞給我一張彩券，我伸手再向她要，她假裝沒看見，我拍拍她的記事簿說：「妳這裡寫了兩張，怎麼只給了我一張？」

　　她心不甘，情不願地再遞過來一張。

　　人，自從亞當、夏娃犯罪之後，都帶著罪性而來，所以使徒保羅在《羅馬書》這樣記載：「我也知道，在我裡頭，就是我肉體之中，沒有良善。因為立志為善由得我，只是行出來由不得我。故此，我所願意的善，我反不作。我所不願意的惡，我倒去做。……我覺得有個律，就是我願意為善的時候，便有惡與我同在。……但我覺得肢體中另有一個律，和我心中的律交戰，把我擄去叫我附從那肢體的律。我真是苦啊。誰能救我脫離這取死的身體呢？感謝神，靠著我們主耶穌基督就能脫離了。……」

　　人，性本善乎，性本惡乎？我們要謹慎選擇。

# 心傷

　　步下輕型電車，看看手錶，差幾分鐘十點整。我一向不喜歡遲到，何況今天是領導召集開會，我怎能遲到？大街旁三輪車夫在招徠客戶，跟他講好價錢我便坐上車。

　　抵達目的地，拿了五十塊錢給車夫，他說他剛「開市」，沒零錢找我，我也沒零錢；於是，他拿了錢到附近的攤販去要換。這時某校的主任走來，看到我站著，問我是否也是來參加會議的，我說是。她站著想等我一起上樓，我說，我在等三輪車夫換零錢。這位老師說她有零錢；但車夫已經走到老遠去了，我只好請她先上樓。

　　三輪車夫回來說沒換到錢。人行道上有位司機，我問他有沒有二十塊零錢？他伸手從褲袋裡摸出幾塊零錢，數一數，還不到十塊。三輪車夫又往另一個方向跑去。我站著等他。這時候，來了一個穿著「描龍大家樂」，大腹便便的大男人；我上前一步問他：

　　「這位先生，請問您有沒有二十塊零錢？」

　　「Huh？」他聽不清楚。

　　我再說了一次。

　　他想也沒想就說沒有，那臉上的表情很不友善。我有點不悅。後來，我細想一下，他一定把我當成「高級乞丐」，向路人騙車費。

　　三輪車夫還是沒換到零錢，我走進大廈，問裡面的守衛，其中一個拿了兩個五塊給我，要我先付給三輪車夫，並且對我說待會兒再還他。我不好意思拿。這時來了一位女士，想必也是來開會的，我又問她是否有零錢，她立刻打開手提包，那了錢包，找出來兩個五塊錢和一個十塊錢的銅板給我。我付了車資後，跟著這位女士步進電梯。原來她是我女兒以前任教學校的主任。常聽女兒提起她，今天總算見到她了。

　　晚上，想起這件事，有點難過，也給了自己一個警惕：當老師的些年日，在與學生接觸的時候，是否也曾忽略了學生的需要？是否曾經因自己的偏見而誤解了想要與自己溝通的學生？我是否也曾在無意中傷了學生或同事的心？

# 從小事做起

星期天早上牧師用《馬太福音十三》裡面耶穌所講的「芥菜種」和「麵酵」的比喻來勸勉不要輕看小事。

芥菜種本是百種子中最小的，但它長起來卻比其他的菜還要大。一小匙的麵酵就能使一大團的麵粉發酵起來。許多大事也都是要從小事做起。

講台上有三本小小的書，那是他到英國靜修六個月的成品。他把每天讀《聖經》靈修時所得的啟示、感動，都詳詳細細地寫在本子上，就這樣一字字、一行行地集成三本小書。

是的，世界上有許多名人，他們都有一本小小的記事簿，這小小的記事簿幫他們完成了很多大事。

《新潮選集》的圓滿出版，除了理事們的大力支持外，也要讚賞他們對年輕會員的賞識、鼓勵和栽培。好多時候，我們欣賞「大」作家而忽略了小作者。我們忘了這些「大」作家也是從小作者開始的。

年終大掃除，把家裡的舊雜誌、孩子們的舊課本、舊筆記整理出來，讓人來收買，一秤之下，竟達將近兩百公斤！這就是積少成多的結果。難怪家裡的書架、櫃子、抽屜總是「常滿」。把垃圾除掉是件小事，但是，不去做的話，就會成為老鼠、蟑螂、白蟻的溫柔鄉。

前些日子，到商總大廈去找人，走到橋上，往小河一看，天啊，只見垃圾不見河水，大大破壞了華人區的市容。這條小河就在商總大廈的前面，多少重要會議在此舉行，多少國內外的貴賓在此進出，讓人見了多丟人。哦，我忘了，貴賓坐在黑玻璃窗的轎車裡，看不見的。只是，這些垃圾若不清除，大雨來了，怎麼辦？

小時候要上學，總要過「奈何橋」。記得那時候，常見有人在小河邊清除垃圾。那是陸順在當市長的年代。現在，再也看不見有人在清除小河了。或許大家都認為那是無關緊要的小事，所以就沒有人去注意它了。還記得大禹用多少時間去疏通水溝嗎？

政府可能沒時間來管這小事，不知商總是否能撥一小筆錢，請小河附近的住戶清理小河，這樣，既幫助他們的經濟狀況，也改善了我們居住的環境。是不是？

## 後記

交完稿的第二天，我有事再到商總大廈，走上橋往旁邊看，垃圾顯然減少，與我在十二月時拍的照片相差多了，希望再上橋頭時，河上能划小舟。

# 錯誤的《聖經》故事

　　晨夢子要我把她的文章交給外子之前，曾經告訴我說她寫了一段《聖經》故事，是看了一本書之後有感而寫的，是關於蘋果的故事。我一聽到蘋果就想起亞當、夏娃偷吃禁果的故事；但晨夢子說不是亞當和夏娃的故事，而是有關一個墮落的城市。我這就想起所多瑪城被火焚燒的故事；只是這個故事並沒有提起蘋果的事。晨夢子不相信，要我好好再讀《聖經》，因為那本書的作者明明這麼寫著。

　　《聖經・創世記・十九章》記載：天使奉上帝的命令到所多瑪城，要毀滅那罪惡貫滿的城市時，羅得正在城門口，因此便接待了兩位天使，留他們在家過夜。當天晚上，所多瑪城裡的人都來圍住羅得的房子，呼叫羅得把他的兩位客人帶出街，讓他們為所欲為。羅得勸他們不要作惡傷害他的客人，甚至願意把自己兩個未婚的女兒交給他們，任他們擺佈，眾人卻不肯，執意要攻破大門，揪出兩位客人。這時，兩位天使將羅得拉進屋，把門關上，並使門外的人眼睛昏迷，尋不著門。

　　天使告訴羅得他們到所多瑪的任務，當天晚上領著羅得夫婦和兩個女兒逃出所多瑪。天使把他們帶到城外之後，便吩咐他們要往前跑，不可回頭，也不可在平原站住，要往山上跑，免得被勦滅。

　　羅得一家跑到瑣珥城，上帝將硫磺與火從天上降到所多瑪和蛾摩拉兩城，把城裡所有的全都毀滅了。羅得的妻子回頭一看就變成了一根鹽柱。

　　整個故事完全沒有提起蘋果。

　　或許那本書的作者看的不是《聖經》，而是神話，或是傳說。

　　從小就聽了好多與《聖經》有關的故事，直到後來自己翻看《聖經》，才發現自己聽到的與《聖經》的記載並不相稱。舉幾個例吧。

　　夏娃和亞當在伊甸園吃的不是蘋果，而是分別善惡的果子。

　　當上帝吩咐約拿到尼尼微去傳道時，約拿違旨，卻乘船逃往他施；然而無所不知的神卻興起風浪，幾乎要翻船。船上的人便抽籤看看誰引起這場災禍，因而抽出約拿的名字來，最後，他們只好把約拿拋入大海，風浪才平靜。

　　小時候聽故事，有人說上帝預備了一條大鯨魚把約拿吞下去，約拿在魚肚裡三天三夜後，上帝就讓魚把約拿吐在陸地上。長大後才發現《聖經》並沒有說約拿被鯨魚吞下，《聖經》只說是被大魚吞下。

　　再舉一例，那就是聖誕過後，人們為記念從遠方到伯利恆朝拜聖嬰的「三王」，而訂下的「三王節」。馬太福音記載：有幾個博士從東方來到伯利恆，要朝拜那生下來要作猶太人之王的聖嬰。他們是幾個博士，不是三個國王。

　　由於有這些錯誤的傳說，所以教會學校在安排宗教課老師時就要特別慎重，而擔任宗教課的老師更不可馬馬虎虎上任。

# 秘密結婚

伊甸園裡，創世的第六天，上帝用塵土，照著自己的形像造人，祂將生命的氣息吹在人的鼻孔裡，造成了一個有靈的活人，名叫亞當。上帝看亞當獨居不好，就讓他沉睡，然後取下他的一根肋骨，造成一個女人，成為亞當的配偶。亞當說：「這是我骨中的骨，肉中的肉。」這是世界上第一樁婚姻。

《聖經》上提到婚姻時，有這樣的記載：

> 「因此，人要離開父母，與妻子連合，二人成為一體。」
> （創世記2：24）

> 「……夫妻不再是兩個人，乃是一體了。所以上帝所配合的，人不可分開。」
> （馬太19：6）

由此我們可看到婚姻的神聖，不是男女之間的一種遊戲而已。

幾個月前到蘇必克去度假，在路上看到一家辦事處，辦事處的門旁這樣寫著：「秘密結婚／婚姻是天父所設立的。上帝說一人獨居不好。」

秘密結婚。這幾個字一直在我腦中盤旋著。為什麼要秘密結婚？

一般人辦喜事，都是熱熱鬧鬧的；尤其是我們中國人，結婚之前還要訂婚，訂婚的禮儀繁雜得讓一些受薪階級的華人青年畏懼，因此他們有些都不敢追求華人女生。華社領導雖一再提倡節

約，都不見有效。居住在菲的華人既保留了故國的禮儀，而這些故國的禮儀卻是混合了晉江、廈門、廣東、香港、台灣的禮節，又採納西方和本地的禮儀，真是道道地地的一杯halohalo[1]；只是這種halohalo並不一定受人歡迎。

《聖經》有記載猶太人的婚禮也是頂隆重的。一旦有人結婚，全村子裡的人都知道，宴會連續了好幾天，熱鬧異常。

為什麼要秘密結婚？這裡面可能隱藏著一段不可告人的事。夫妻之間若有什麼隱私，這段婚姻可能也鞏固不了了；他們之間一旦踩上了暗礁，這段婚姻便會隨之破裂，這破裂的婚姻，受影響最大的莫過於他們的子女。這些心靈創傷的子女，如果沒有好好輔導，經常就成為學校中的問題學生。

話又說回到蘇必克的那所婚姻辦事處。

天下事無奇不有。這所婚姻辦事處竟是一所菲律賓教會所主有的。我看了之後真是一肚子悶氣。他們的牧師、傳道唸的是什麼《聖經》？神的話他們都給忘了？

當我在為此事發牢騷時，朋友睜大眼睛盯著我說：「發什麼牢騷？你以為沒有秘密結婚，婚姻就鞏固了？你以為神父、牧師、教會長老、執事，就如你理想中那麼完美？你以為岸然道貌的紳士都是正人君子？你也別以為打扮得高高貴貴的女子就不會爬出高牆。」

朋友的話我無法反駁，因為在我生活的圈子裡，就有好多不可告人的事存在著，我能做什麼？但，我緊記《聖經‧路加福音12：2，3節》記載：「掩蓋的事，沒有不露出來的；隱藏的事，沒有不被人知道的。」

---

[1] halohalo，菲律賓聞名的甜品，是由幾種水果或豆類混在一起，加上碎冰和牛奶，攪和而吃。

# 是非之根

　　有人說，人的一張口是用來吃東西和說話的，這話不錯；但不管是吃或是說，都得非常小心，因為俗話說：「病從口入，禍從口出。」這小口裡，那軟軟的舌頭的威力卻是相當可怕的。這小小的舌頭，它能巴結、能讚美人，能歌頌、稱謝神，更能搬弄是非陷害人。它就像一根小火柴，能幫你煮飯燒水，也能一下子燒燬整個樹林。

　　前些日子，有位朋友告訴我，她由於一時疏忽，第三段考後，忘了更換計算學生名次的百份率，就惹來滿心的不悅。

　　那天朋友剛走進教員休息室，有位同事就大聲告訴她：

　　「×老師，有學生反映說你把他的成績計算錯了。」那時，在座的幾位同事都聽見了，朋友的臉也發燒了。

　　朋友說：「我的天，她是唯恐人不知？像這種事，若是我，我會輕聲告訴當事人，請她再複算一下。那時，我只是不明白學生為何不來告訴我，而必須通過第三者來讓我知道，我又不是母老虎！」

　　令朋友更驚訝的是，這件事不僅是那天在場的同事知道，連一些當時不在場的同事當天也知道了。經過查問，原來第一節課幾位空堂的老師在休息室時，那位同事就向她們報告了。

　　朋友一想，自己最好先向主任報告、道歉，省得讓別人乘機宣傳。主任聽完了，並沒有責備朋友，因為那並不會影響年終的成績。

　　也是這位朋友，也是那位同事，仍然是在教員休息室。那位同事一走到她旁邊就很不高興的說朋友出的考題太難了。難在哪裡？生詞翻譯，二十題太多。奇怪，上次測驗也是二十題呀。填充為什麼不把詞語寫出來讓學生選？嗬，這是填充，不是選填詞語，而且下學期開始她倆就說好，不讓學生選填詞語，因為學生知道有得選，就不好好聽課了。那位同事又說，第二語言是沒有填充的。朋友說，這她就不知道，得請教請教。還有，那位老師還把這件事上訴。

　　朋友說，她希望農曆新年能給她洗掉這些穢氣。

# 習慣

　　拉開辦公室的窗玻璃門，把手指按在辨指紋機上，電腦螢幕顯示了自己的名字後，關上窗玻璃，以免辦公室內的冷氣外流，然後輕輕鬆鬆地走上樓，進教員室去開始當天的工作。這是每天必做之事。

　　好幾次，當我關上窗門，回轉身時，剛好蔡老師就站在我後面。看到她，我總會說：「對不起，我不知道你在身後，把窗門拉上了。」

　　有一次，當我向她道歉後，她說：「沒關係。這就是我們閩南人所說的：『有後手』。這是好習慣，是從小養成的；可惜現在很少人有這種習慣了。」

　　是的，課本上都說，習慣是從小養成的。身為父母、長輩，在教導子弟時，除了自己要以身作則外，更應該清楚什麼是好習慣，什麼是壞習慣。

　　學校的課室安裝了冷氣，大家都知道開了門之後，就該順手把門關上。有一次，休息時，主任在巡邏，發現三樓課室的門全都開放，為了警戒他們，那天下午的課，冷氣全部關上。這之後，學生們大都會記得要順手關門了。

　　亂丟紙屑果皮，也是一種很不好的習慣。記得自己上小學的時候，離開課室之前都要把自己的桌位整理好，不要的東西在出課室前就要順手丟進垃圾桶。這種情況現在也很少見，是家教

不嚴，或是老師失職？但是，就我來說，如果最後一節課是我上的，我一定會囑咐學生把地上的紙屑拾起來丟進垃圾桶。聽得見且能照做的人也不多。

　　好幾年前，乘車經過仙尼龜拉司一座大廈，由於塞車，車子緩緩地前進，我坐在司機後面的座位上，窗玻璃沒拉上，突然有東西從窗外飛進來，掉在我裙子上，我一看，是香蕉皮。從飛進來的方向估計，應該是夾層樓住戶的傑作。丟香蕉皮者應該是個傑出的球員吧？

　　隨便丟東西，隨地吐痰、小便……都是壞習慣。讀者在大廈前行走可要小心，因為隨時都有可能會有人從窗口吐一口痰出來，也隨時有可能有小孩子站在窗前小便！

　　習慣是從小養成的，長大後就很難改正，因此，為人長輩者，不要只顧忙生意，而把孩子交給沒有受過多大教育的女佣照顧。孩子是上天給我們的財富，我們應該好好教養。

# 香蕉國國民

　　無論是在大商場、在筵席上、甚至是在華人學校裡，你會聽到黑頭髮、細眼睛、黃皮膚的華人子弟，他們都以菲語或英語在交談。我常常覺得很不痛快，也有點傷心。

　　有一次崇拜會之後，我和外子正要走到停車場，聽到後面有對父子在講話，講的是英語，由於我們去的是菲律賓人的教會，所以我並不覺得有什麼奇怪；可是當他們走到我的身旁時，我才發現他們是我同學的兒子和孫子。做父親的看到我，向我打招呼說：「老師。」我向他點了個頭。父子倆繼續往前走，這次是用閩南語交談，可是，走不了多遠，用的又是英語。外子笑著對我說：「你那個學生，那幾句閩南話是講給你聽的。」

　　我說：「他不是我的學生，是我同學的兒子。」

　　「他不是稱呼你老師嗎？」

　　「是啊，因為他知道我是老師。」

　　「我以為是你以前的學生，怕你教訓他，所以改用閩南話交談。其實，那小孩也會講閩南話啊！」

　　「那你說，年輕一代不會講華語，是誰的錯？」

　　他不回答，只是搖頭一笑。

　　　　　＊　　　　　＊　　　　　＊

和女兒陪小外孫到醫生診所去接受例常檢驗。

　　診所裡好多玩具，小外孫好高興，一件件拿出來玩。每次玩了之後，我們會用閩南話告訴他先把不要的放回原處，再拿新的玩具出來。

　　未滿兩歲的小外孫，雖然還不會說話，但他卻聽得懂。在家裡，你叫他做什麼，他都會照著吩咐去做。

　　這時候，站在一旁觀察的醫生走過來，拿了一本書，用英語告訴小外孫說：「把這本書拿給外面的大姐。」

　　他接過書，看著他的母親，母親用閩南話說了一遍，他很順服地把書交給醫生的秘書。

　　有一次，在家裡，他外公正在上網，小外孫走過時，不小心把聯結在電話的電線給拉鬆了。外公大叫一聲，然後對他說：「看，你把電線弄鬆了。」

　　他站在旁邊，比手畫腳嘰哩嘩啦地說了一些童話。

　　我想，他一定是想說：「我不是故意的，阿公不要生氣。」

　　未滿兩歲的小孩，他都會聽閩南話，為什麼比他大的中、小學生卻聽不懂呢？

＊　　　　＊　　　　＊

　　去年到超市買東西，旁邊有一個十五六歲的男生，用英語向他旁邊的華人雙親說他要買某東西，父親說：「講咱人話才給你買。」

　　男生轉向母親，用英語重複剛才的話。母親幫他買了。父親一臉的不悅。

＊　　　　＊　　　　＊

　　華人子弟為什麼不會聽、講華語？我想這是心的問題吧？這一類的人，我把他們稱為香蕉國的國民。

# 如何打發退休的歲月

有研究報告說：「退休的人，大約有四分之一會在六個月內逝世。」他們之所以會早死，是因為苦悶、孤獨。

一向工作慣了的人，每天生活有規律，對工作有信心，也有進取心，身邊總有幾個談得來的朋友，說說笑笑，時間容易打發，日子也容易過。一旦退休了，早晨眼睛一張開，就不知道今天的日子該怎麼過。平時樂觀外向的人，他們可以到外面去走走，看看平時想看又沒時間去看的地方或朋友，可是退休的歲月有多長？要看的東西，想去的地方又有多少？身邊的退休金夠用嗎？

菲律賓有許多人，退休之後到美國去，可是到了美國，在人生地不熟的情況下就失去了進取心，有的得了憂鬱症，對疾病的抵抗力大為減少，就此落落寞寞地度過他的晚年。

當然並不是每個退休的人都有同樣的命運，有的人退休之後，就跟鄰居朋友搓搓麻將，三五結群地去「卡拉ok」，這種日子，對我來說也不一定好過，因為身為老師的我，即使小時候曾經站在父親身旁看他打麻，可我從來就不曾想過要去碰它。更何況我脊椎有毛病，不能久坐。

唱歌雖然是我所愛，但「卡拉OK」那種吵鬧的場合卻令我難受。

有些人退休之後，因不知如何打發時間，只能去找朋友、偶而回工作單位，找舊同事聊聊，可是時常到朋友家作客，也不太

好，怕打擾人家的清靜。回工作單位找舊同事，即使靜坐著看他們工作也感到很滿足。哪一天，我退休了，似乎也很想回工作單位看看，畢竟那是我工作多年的園地，那裡的某一個角落，一個人家沒注意到的小小的角落，可能藏有我難忘的記憶。

記得剛離開母校，我也時常回母校走走，不為什麼，也僅僅是想撿回遺落在那裡的一份情。有時踏進校門，看到當年的老師向你點頭微笑，心中感到好溫馨。年輕的學弟學妹看到我，有時會說：「你那麼愛母校啊！」

「是啊，」我說：「可不知母校是否仍然愛我？」

記得辭別會的時候，老師曾告訴我們：

「有空回來看看，你們是嫁出去的女兒，這裡是你們的娘家。」

對啊！天下哪有不愛女兒的爹娘？

同樣的，有疼惜校友的母校，才有樂意回饋母校的校友。

哪一天我退休了，再回到當年的工作單位時，陌生的守衛、或者新任的上司會否給我一個禁足令？若真如此，那我情何以堪？破碎的心又將如何修？

因此，有人說，在退休年齡到來之前，就該為自己的將來打算，利用閒暇去學畫畫、學彈琴……不要坐待退休，等人幫助；也不要期望子孫、兒女，或者服務單位會接待你。不會耕田的牛，有誰要？

# 閒談女傭

打從去年年底，在我家工作了將近四年的女傭，巧智，到日本高就之後，這半年多來，我家不是演「女傭戲」，就是自家人演「獨角戲」。

巧智離開之前曾找了一個人來代她，那時候由於巧智尚在，我們也沒發現她有什麼可挑剔的，直到留下她一個人做時，才發現她的工作能力及不上巧智的一半。兩個鐘頭可洗完的衣服，她要四個多鐘頭才做完。打掃房子也一樣。家裡有個小外孫，大家白天都去工作的時候，家裡總得有個人幫女兒忙上忙下的，因此我們都忍氣吞聲的。每週還得請個臨時工來燙衣服。想不到這新女傭越來頭越大，對我們講話越來越沒禮貌；後來有人又介紹一位女傭來，我們就把那慢吞吞的女傭給辭了。

辭了一個，另一個也不幹了，說是沒伴她待不下。

再找一個，還挺勤快的，但不到一個星期她也不幹了。原因是我家的水量不夠充足，洗澡很不方便。

我們全家都在這種水量不充足的情況下洗了三十多年的澡，她沒辦法屈就，我們也不能責怪她，因為她可能習慣了在鄉下滔滔不絕的河水中洗澡。

在女傭來來去去的日子裡，孩子們突然想起了他們小時候的幾個女傭。他們說以前的女傭，總是把家打掃得乾乾淨淨的，不需我們指揮她這裡要擦，那裡要塗。

　　以前晚上睡覺要掛蚊帳，我們吃晚飯的時候，女傭就去幫我們鋪好床，掛好蚊帳。

　　以前的女傭，即使我們已把她們的菜餚分給了她們，要她們先吃，她們還是經常等我們吃飽了才吃。如今有的女傭，主人尚未用飯，她們就先吃了，有的甚至把隔夜飯和魚頭魚尾留給我們。

　　朋友說，她家的女傭每天下午都在客廳看電視，朋友回去還得向女傭商量讓她看看當天的新聞。朋友吃完飯看連續劇時，女傭會跑來用搖控轉換電台。朋友也就這樣忍著，因為我們當老師的，在學校站著講了一天課，回家後，兩腳翹起來，看看電視節目似乎是我們唯一的渴望了。

　　好的女傭，都到那裡去了？

# 閒聊睡覺

最近在「睡覺的中國人」網站中，看到一個在中國生活了七年的德國人，拍攝了七百多張呈現中國人在公共場合各種奇特睡姿的照片。看到那些睡姿，我也覺得很有趣，這些人多數是勞動者，他們累了，就隨心所欲地躺下來休息，這是情有可原的。就拿我自己來說，在辦公室裡工作，有時會閉上眼，休息一會兒，沒想到不知不覺地就會睡著了，直到聽見外面同事們言談的聲音，才趕快從夢鄉走回來。

傍晚，在歸家的路上，能夠閉上眼歇歇，也是件樂事。但如果是自己乘公交車回家，我就必須提醒自己不可睡覺，以免錯過了站，或者讓小偷乘機割包偷東西。

我的朋友曾經告訴我：有一次乘「集尼」回家，因為太累了，就閉上眼休息。車子走了多久，她都不曉得，直到聽見有聲音說：「Manang[2]，我們已經到終點站了。」她才驚醒過來。睜開眼一看，整個車廂裡就只有她一個乘客。她不好意思地付了錢，向司機道謝後，趕緊下車過馬路轉車回家。那時她想，幸虧碰到一個善良的司機，不然在那個搶劫猖狂的歲月裡，真不知自己會有什麼下場。

也有朋友曾經有這樣的經歷：

---

[2] Manang，菲語大姐之意。

　　晚上九點多鐘，她搭上「集尼」要回家，中途，上來了兩個青年人，就在她身旁的空位上坐下。不久，她感覺到有人在動她的包包。她知道她遇到小偷，但她若要命，就不得吭聲，因此，她就閉上眼，假裝睡覺。不一會，她感覺到有東西從包包裡滑出去，她知道那是她放鉛筆的小皮袋，她仍然閉著眼，動也不動。幾分鐘後，那兩個小偷下車了。她看看包包，被割破了一縫，看看裡面的東西，被偷走的是放鉛筆的皮袋沒錯，她感謝神的看顧保守。

　　其實，隨地睡覺並不是在中國才有，我相信在別的國家，我們也會拍攝到各式各樣的睡姿。就菲律賓來說，我也會看到在行人道上、在橋底下、在「集尼」上睡覺的人。只因為我們都是匆匆的過客，沒閒暇停下來拍照而已。

　　幾個月前回廈門，和老伴及兒子在一家連鎖店吃午飯，我們坐下不久，旁邊的座位也被一群人佔用了。點了菜之後，坐在靠近我的那位客人竟然躺了下來。他的同伴問他要點什麼，他都沒回答。他……睡著了。我笑著對老伴說：「睡覺的中國人。」老伴也笑了，趁他的同伴不注意的時候，偷偷地為他拍一張照片。

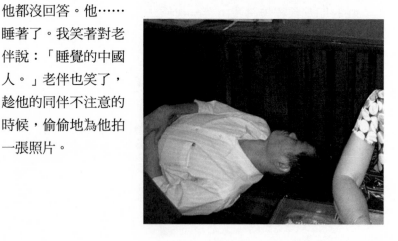

# 考試

　　前一段日子，在報紙上看到一張照片，那是參加今年護士
會考的一位男生的照片，他舉著牌子抗議政府要他們重考。這張
照片吸引我的原因是因為這位大男生哭了。為了一部份的人得到
洩漏的考題，他們全部要重考，這是多麼不公平的事啊！受懲罰
的應該是那些違法者，而不是那些無辜者。考試的費用不說，幾
個月的精神和時間卻是一去不回的了。他們可能正在期待那張執
照，預備找一份工作，或者拿到那張執照後，就可到青翠的草
原，為自己，為家人安排更美好的生活。如今，這份即將實現的
夢就要泡湯了，叫他怎能不傷心痛哭呢！

　　人的一生中，都要經過種種考試。有的人一聽見考試就心
煩，有些人是心寒，有的是心慌，但不管你心境如何，你總得去
面對考試。考試是為了瞭解自己到底學會了多少，讓自己知道自
己在某方面是否已經達到了標準。考試也可能是老師對自己的一
種挑戰，學生的成績就是老師教書的成果；因此，有的學校就以
全班學生成績的好壞來評定老師的優劣，我認為這也是不公平的
一件事。

　　為了得到好成績，我們必須努力去追求；只是有的人不擇
手段去追求，所以就會有作弊等等的事發生。學生們考試時偷看
是最平常的事，老師、主任洩漏考題也是很平常的事。記得自己
當主任的那段日子，曾經發現老師為了怕學生的成績不好，就把

測試的考題給學生溫習，把要填充的字都告訴了學生，這樣她那一組的學生成績就比另一組好。直到第二年，同一組的學生，換了另一位老師，真相才暴露出來。也有這樣的情況：老師發現校董、校長或主任的子孫在自己班上，就特別關照、恩待他，考試的時候站在該生身旁指點他、提示他。這種種的作為，對學生有什麼好處？

　　曾經有學生要求我在考試前把試題告訴他們，但都被我拒絕了。我告訴他們，我想知道我所教的，他們吸取了多少，我也想知道平時上課時，有哪幾位同學有用心聽課。如果我每次都把試題給他們，他們就懶得聽課了，而我更無顏見他們的雙親，因為我相信各位家長要求的是實質，而不是一張漂亮的成績單而已。

　　考試作弊、洩漏考題，這都是欺人自欺的事，不應該是教育界所應有的事。所以我很珍惜、也很尊重那位男護士的眼淚。

# 修車

　　一家人都換好衣服預備上教堂，老三坐上司機座位，插上鑰匙，車子卻吭也不吭的，試兩三下，仍然是一聲不響的，沒辦法，六個人只好擠進另一部較小的車了。

　　第二天，司機來上班，車還是不動，三個大男人只好推車了，推著車跑了幾步，車子終於動了。司機說可能是幾天假日沒用的關係吧。

　　一個星期後，車子固態復現，只好把車送到鄰近一家修車場去修。這裡摸摸，那裡看看，開了一個價：六千元左右，要待修好才有確切的價格。車子有毛病就像人生了病，不找醫生怎能好？貴了一點也得就醫。說好下午五點多鐘修好。下午老三不在，我和女兒去付錢，把車開回來，倒是頂捷順的。

　　第二天一家人順順利利地坐上它上教堂。崇拜會後，本想到馬加致一家書店去買書，可是一坐上車，車又不吭了。這下，三個大男人又要推車了。

　　星期一司機一來，又要他把車開回修車場去。

　　不一會，司機從修車場打電話回來，外子接的電話，我在樓下聽他嘩啦嘩啦大喊著。過後他告訴我：

　　修車場老闆說，他要重新把車拆開來看，「可能」是某個地方壞了，如果是那個地方壞了，那就要花費四萬塊錢！難怪外子會那麼大聲跟他說話。老闆說，這一牌子的車都有那種毛病。問

他當初為什麼不說，他說他不能確定是哪裡壞了。天啊！有這種事嗎？

假如車子真的是一個病人，碰到這樣的醫生或醫院，那可就倒了一輩子的霉！

可我就曾聽過這種倒霉的事。

那是好幾年前的事了。有個小朋友發高燒，送進醫院，一位醫生說是痲疹，開了藥方給他，可是這個小朋友吃了幾天藥後，病並不見好轉，母親趕緊另請高手，結果斷出孩子是得了出血症，要是再拖幾天可能就喪命了！好險哦！

我家的車子修好了；是到另一家修車場修的。什麼毛病？啟動開關壞了。修車工料費，一千二百元！

現在我會想：那六千六百五十塊錢是不是花得冤枉了？

# 道歉

那天，女兒帶了兒子去參觀附近的幾家華校後，到學校來找我，要和我一起去吃午餐。我順便邀了叮叮一起去。

吃飯的時候，小外孫一邊吃，一邊玩他的小火車，坐累了，就站起來讓火車在空中飛，飛呀飛的，竟飛到叮叮阿姨的頭上去了。我和女兒立刻訓了他一頓，然後要他向叮叮阿姨道歉。他很聽話地向叮叮阿姨說：「Sorry。」可是還不到一分鐘，他又把火車撞到阿姨頭上去。這一次，我女兒就訓了他：「向人家道了歉之後，就不應該再犯，你若重犯，就是存心要做，你的道歉就不是發自內心的。人家不會接受你的道歉，上帝也不會原諒你。」

女兒說得對，道歉是應該發自內心的。小外孫才兩歲多，道歉是什麼，他也不知道，所以道了歉之後再做，是情有可原；但是，對一個已經受過教育的人，sorry不是一個口頭禪而已，應該是清楚自己的錯誤，而衷誠地向人家求赦免。

當了四十多年的老師，碰到學生做錯事的時候，我通常會與他們溝通，讓他們清楚自己到底做錯了什麼，然後真心地向人家道歉。

學生們做錯事時，把他們叫到跟前，和他們談了，他們的反應經常是這樣：「對不起，但是有些事你不知道，我之所以會這樣做，是因為他……」，「……老師，他怎樣怎樣，所以我才會

這樣那樣……」。他們永遠不會看到自己的錯。今天在課堂上打瞌睡，是因為老師講得不精采。今天和同學打架，是「因為他先惹我；我之所以會這樣做……」，「……是因為他忙，我想幫他……」種種的理由，反正我這樣做是別人害的，不是我主動的。他們一下子把責任推到別人身上去。道了個不是發自內心的歉，過了不久，他們又犯錯了。由於他們一次又一次的做錯事，就有一次又次的小過，這些小過進而累積成大過，然後他們就將面臨被開除的處罰、若是畢業班的同學，可能他會拿不到好品行的證書，那影響可就大了。那時候，他再怎樣求情，我們也沒法幫他了。

當年亞當和夏娃在伊甸園違背了上帝的命令之後，上帝責問他們時，亞當說是夏娃要他嚐禁果的，夏娃則把責任推給蛇，是蛇誘惑她吃的；由於他們忘了上帝的吩咐，又不肯承認自己的過錯，不求神的赦免，結果他們就被趕出伊甸樂園，接受懲罰。人就是這樣，沒辦法控制自己不犯罪，犯了罪之後又常常不承認自己做錯了，因此就一錯再錯，直到有一天真正發現自己錯了的時候，已經太晚了。

《聖經》記載，「你們要結出果子來與悔改的心相稱。」這意思就是說我們悔改之後，就要徹底痛改前非，行事要與悔改的心相稱。因為「一個人悔改，在天上也要這樣為他歡喜。」上帝是信實的，是公義的，我們的所作所為別人可能不知道，但高高在上的神，祂什麼都知道，我們若棄惡歸善，「那安舒的日子，就必從主面前來到。」

# 被困機艙

　　出國旅遊的人，最討厭飛機誤點。當你急急忙忙地趕到登機口的時候，竟然發現服務台還沒人，你就會知道，飛機可能誤點了。等了幾十分鐘，有時可能是一個鐘頭，好長的一條隊伍才慢慢地往服務台前進。進了候機室，坐上一陣子，服務人員報告按照座位號碼排隊，你會發現原來有很多人不懂得聽報告，還沒叫到他的號碼，他已經站在最前端。

　　飛機誤點令人心煩，被困在機艙裡讓人更是心煩又心慌。曾經坐在機艙裡，繫好安全帶，飛機已開始往後退，可是不到幾分鐘，飛機不動了。你坐在那裡等呀等的，然後擴音機傳來這樣的報告：「由於航線管控，飛機稍後才能起飛，請各位旅客原諒。」既來之則安之，不原諒也得原諒。三十分鐘過去，機艙空調關閉，沒窗戶，旅客開始坐立不安，沉悶的空氣，讓人窒息，有人發怨言，空姐一再道歉，後來空調又開了，空姐開始分發餐盒，或許忙著嚼東西的嘴巴，就不會再發怨言了。……這是兩年前的事了。

　　今年，在廈門辦完事要回來的那一天，由於住的地方交通比較不方便，所以九點半的班機，我七點鐘就「打的」到高崎機場。等了好一會才能辦登機手續，幸好飛機如時起飛，因此十一點多左右就抵達飛機場，可是飛機因沒跑道可停，所以耽擱了好幾十分鐘才入跑道停下來。滿以為可以出機艙辦手續回家，誰知

卻傳來報告說旅客還不能出機艙，原因是入境檢察官員們在用午餐！天啊！這是天大的理由？老天，這是國際機場，怎能有這種事？

　　午餐我們已經吃了，機艙裡可能也沒什麼東西可堵住我們的嘴巴了。這班機裡面多數是中學生，活躍的少年人，如何安耐的住？整個機艙好吵鬧，耳根就沒有半分鐘的清靜。檢察官員的午餐什麼時候才用完？我們還要在機艙裡待多久？安心等候吧！

　　這一等就等了一個多鐘頭。這下可好了，整個大廳滿滿的人。好不容易過了關，領了行李，要出機場大門時，我被攔住了。要查看行李。在中國，檢查行李是因為掃瞄時發現有可疑的物品，才叫你到旁邊，打開行李看看，這裡是在出機場之前才要你打開行李。好吧，讓你查，反正不是衣服，就是教科書，隨你挑！

　　沒找到要找的東西，我過關了，拖著行李往外走……

　　歸心似箭，可是歸家的大道卻擺長龍，車子像烏龜般地前進……唉，抵家已經快四點鐘了！

# 第三輯

我觀看你指頭所造的天,並祢所陳設的月亮星宿,便說,
人算什麼,祢竟顧念他,世人算什麼,祢竟眷他。

從日出之地,到日落之處,耶和華的名是應當讚美的……

# 再上大雅台

　　每逢有長假，女兒就會為我們安排渡假的節目。去年她十月底就忙著找地方、找住處，安排我們寒假的節目。一放假，她跟女婿還有我家老三就比我們早一天到大雅台去了。當天晚上又傳手機訊息來，要我們帶書本、雜誌去看。我問她是不是沒電視機，夜裡無聊？她說不是。我又問她既有電視機，又何需帶書本、雜誌？她竟不回話了。

　　兩三年沒到大雅台，覺得甲米地那一帶的路比以前擁擠，外子說是人多，商場也多，路的兩旁多了好多建築物，因此視野沒以前遼闊；還好過了甲米地，兩旁又是一片的翠綠，空氣也清新了起來。到達大雅台已經快中午，我們吃了中飯就在大自然的冷氣中睡著了。

　　一覺醒來已經是下午三點多鐘，女婿開車載我們往描東岸的方向走。一路上我尋找著當年熟悉的營地，十多二十年前，我們母子四人經常隨教會的夏令營到此，我心想，這次路過，是否能停下車，敲開門，要求負責人讓我們進去，尋找我當年留下的情懷？只是，車子將到營地時，要不是心細，認出了旁邊的一些商店，我們可能錯過了那個營地。圍牆已換了樣，從圍牆外依稀看得到當年供我們住宿的那四座房子。女兒說，房地產已易主，我想敲門的心意隨之消失。

　　車一直在大路上奔跑，女婿說要帶我們去看一個大花場，走了好久都沒找到，停停問問，終於在一個小街口看到了花場的牌子，可是小路口停了一部集尼，集尼發生了問題，堵住了通道，我們只好走回頭路。

　　車子再次跑上公路，本以為女婿會回住宿處，誰知他仍然往描東案的方走。看看手錶，時間還早，看看風景也不錯，所以我們誰也不再多問。過了一段路，他把車往山上開，我忍不住問他要到哪裡？他說沒看到花場，看看農場罷！

　　車一直順著似通天的蜿蜒山路往上走。老大往車窗外一看，有點膽怯。車一邊是穿山上雲霄的山壁，一邊是不見地的山崖，我們不止一次地囑咐女婿車不要開得太快。路邊農場的牌子不時出現，但離農場還有多遠，卻沒有明確的指示。

　　天色漸黑，農場還未現眼前，女婿終於放棄看農場的心願，趁著夜色未臨，掉頭下山。

　　再次回到公路，天色已黑。本想回住宿處煮晚飯，外子卻提議上餐館。我和女兒是舉雙手贊成。上哪家餐館呢？當然是又美又經濟的餐館。老三建議了一家餐館，我正詫異跟我一樣三年未曾來的他怎麼知道有這麼一家餐館時，便聽見他說，他陪經理出差時在那裡吃過。我這才記起他幾個月前曾和經理來過。車子駛進寬大的停車場，我們走過掛滿聖誕燈的走廊，就踏進了木屋餐廳，餐廳佈置幽雅，給人一份舒適的感覺。餐廳裡已經有很多人。服務生走來接待時，老三告訴他要裡面的座位。我們隨著服務生往裡面走，步下階，竟是一個露天花園，四周有小亭子，我們選了一個亭子，就在那裡享受我們的晚餐。

　　亭子面向沓亞湖，只可惜夜色已重，我們看不到湖景，只能在此享受十二月的冷風，欣賞露天花園的聖誕燈飾。整個花園瀰漫著聖誕的氣息，給人一種安詳、愉悅的感覺。許願井（wishing well）裡有好多銅板，我沒丟下銅板，只和外子在那裡拍了一張照。我想，即使我沒許願，聖誕節的主人翁早已知道我們的心願了，祂會適時地完成我們的心願。我心中唯有感謝神給我這麼美好的一個晚上。

# 不一樣的禮物
## ——上大雅台之二

　　出外旅遊多次，從不曾因換床舖而睡不著，這次到大雅台，卻是嚐到了睡不著的滋味。床舖太軟，讓我覺得很不踏實，稍一動，床好像也跟著震動，睡得很不舒服，因此一大早醒來，腦袋昏昏的。洗刷完畢，年輕的一代都還在睡夢中，我打開門到外面去走走。十二月的大雅台天氣很冷，清晨清新的冷風吹走了滿腦袋的不適。我在庭子裡深呼吸了幾下便打開欄杆門往街上走。街向沓亞湖，清晨的沓亞湖沐浴在濃霧中，看不見湖，更別想看到火山。我往下走，看見鄰近的天台上掛著Pan de Manila的牌子，我不禁笑了起來；昨天離家時，還在家附近的Pan de Manila買了一大包的麵包，幾年沒來，這裡的變換可不少。

　　走回住處，年輕人還在夢鄉，我先吃了早飯，便拿出書本來看。室內光線有點昏暗，我看了幾頁，眼睛就感到累，只好又推開門到外面去曬曬陽光。暖和的陽光溫暖了我冰冷的雙手。我在陽光下欣賞著那小小的、粉紅色的玫瑰花，還有一串串橙紅色，小鈴兒似的花。經年在都市生活的我們，難得有這種福份可享受這大自然的美色。

　　年輕人一個個起來整裝要出遊時已是十點鐘。我問女婿今天要上哪兒，他說：「再回花圃。」我無異議。我喜歡花，雖然我

認識的花不多；但那又何妨？看看花，讓自己的心情舒暢一下，讓自己更深一步感受和頌讚那造物主的偉大，這也是美事一樁。

車子走了二十幾分鐘，我們終於找到了那個花圃，一進到裡面，我有點失望，一大片的空地，幾十棵大樹，沒有青翠的草地，也沒有五顏六色的花朵。女婿在一座綠屋前停下，就獨自下車去找人。我和老二、老三就站在綠屋前看裡面一排一排的花。

不一會兒，女婿走出來，向我們搖搖頭說沒辦法去參觀。要參觀的人必須先在馬尼拉的辦事處接洽，讓他們安排日期和時間。我們算是又白走了一趟。女兒說她已經在餐館訂了位，說好十一點鐘要去的。看看手錶，已經十點半多，於是又坐上車往餐館去。外子很納悶，什麼餐館還要提前訂位。女兒說：「到那邊你就知道了。」

車子又從公路駛進一條黃土碎石路。不久終於到達目的地。我一下車，迎上來的是一陣花香，我往四周一看，前面有五、六盆開著細小白花的灌木，盆花的後面是一座小木屋，屋旁有條小徑，兩旁種滿了大小樹，小徑的另一旁又是一座木屋，木屋前面裝有一個很大的貝殼，貝殼上有水龍頭，供人洗手用的。抬頭看那些樹椏，只見上面掛了聖誕燈，每個燈泡都被裝進一個貝殼裡，多麼別緻！

我正忙著欣賞燈飾與五顏六色的花，女兒又拉著我順著木階走。木階的那一頭是一道門，門上的玻璃有兩片畫上了圖案，推開門，裡面就是餐廳。走進餐廳再往裡面看，我真是看呆了！那麼多不同顏色、深淺不一的花，這是我在菲律賓第一次看到的最

多的花。那麼多，那麼美，像是一張鋪上花的大床，要是真能躺在上面，那該有多好！

　　我們就在那「大花床」的前面用餐。面對那些燦爛繽紛的花，我都忘了吃，這可是真正的「秀色可餐」啊！

　　用完餐，我在花叢間穿梭著，那麼多我不認識的花，但是上帝都一一的給了它們名字，又給了它們不一樣的裝飾，神啊，您好偉大！這時女婿走過來告訴我和外子說，他為我們安排了人來為我們按摩，那是他和女兒要送給我們的結婚週年的禮物。這可真是一份出乎意料的禮物啊！

# 「米奇老鼠」
## ——上大雅台之三

　　從大雅台回來已經兩個多月了，我還忘不了花園餐廳那些五彩繽紛的花朵。記得那天穿梭在花檯間時，曾看到一個很奇怪的果實，乍看來以為是芒果，可它卻不是芒果樹，果實就長在伸手可及的枝椏上，我彎下腰，用手掌輕輕把果實托起，橢圓的果身上還長了角，我們一家人都圍著它看，外子把它收進了照像機裡，侍者都忙著，我也沒法詢問。這時要為我們按摩的人來了，這是女兒跟女婿為我和外子安排的節目，我們只好走出花檯。

　　我倆隨著按摩師步出餐廳，走向餐廳旁的一條碎石路，路旁仍然種滿了鮮麗的花。我們走進一座長長的木屋，木屋正面是一排落地窗，從外面就可以看到裡面擺了四五張床，白色的布簾把床與床隔開。按摩的時候，就把落地窗前的窗簾拉上。按摩室裡播放著當地的民歌，別有一番情調。

　　按摩畢，年輕的一代已在外面等著。我們要步向停車場時，看到按摩室旁有幾棟木屋，我們很好奇地進去看。裡面的裝飾非常的民族化，那麼簡樸清靜，原來這就是供旅客住宿的地方。我們正想上樓，突然有位穿著制服的女士進來，她告訴我們要進屋應該把鞋子脫掉，我們趕緊向她道歉，退出房子，走向停車場。

　　在公路上走了一段路，看看時間還早，女婿把車子停在一家咖啡廳前，我們下車喝咖啡聊天去了。坐在咖啡廳的露天院子

裡，這裡的景緻遠遠的比不上花園餐廳，只是，我又看到了那黃色的果實。女侍把飲料送來時，我問她那果實叫什麼？她說：「米奇老鼠。」

「有沒有花？」我問。

「沒有。」

「米奇老鼠」。經女侍這麼一說，我們才注意到它確實有點像米奇老鼠。

第二天整裝回岷，我們在公路上的花攤買了幾盆花，我順便問問：「有沒有米奇老鼠？」

沒有。我有點失望地踏上歸家的路。

# 寡婦村

## ——福建文學之旅什錦之一

外子去年從東山島回來之後，一直念念不忘東山島，說有機會一定要和我走一趟東山島；因此，東山島就成了我們新潮文藝社文學之旅的第二站。

在我的想像中，東山島一定非常誘人，細白的沙，成排的椰子樹，碧綠的水，水上泛著小舟，我們可以在細白的沙灘上留下我們的足跡，我期盼著與它見面的日子。

廈大研討會閉幕後的第二天早晨，吃罷早飯，我們便乘車往東山島。祖國的高速公路減少了我們旅人的勞累，抵達東山島，已經是中午時分，東山島文協、政協的代表立刻領我們去用餐。餐桌上各式的海產，真是樂壞了我這個愛吃海鮮的人。

餐後稍歇，我們便去觀賞被譽為「天下第一奇石」的「銅山風動石」。它位於島上最東方的海崖盤石上，面向大海，傲然而立。據說海風吹來，它會動，人們推它，它會動；但是，清初強寇以巨纜拉它，它卻不動，因此人們讚它是塊忠石。石頭上刻著一位盡忠扶明抗清的烈士的名字，黃道周先生。

站在風動石邊面向一望無際的大海，大海此時一片平靜，平靜的大海的另一邊是澎湖，這裡是離台灣最近的海峽，因此這裡也隱藏著述不盡的動人的故事……

　　第二天，招待單位安排我們到「寡婦村展覽館」。展覽館裡的黃國鎮先生負責帶領我們參觀。黃先生一邊在前引路一邊為我們講解。他每一段的講解都會勾起聽眾的一把淚。

　　寡婦村原名銅鉢村，五十年代從東山島敗退的國民黨軍隊，在此抓走了一百多名壯丁，整個村莊從此失去了歡笑，那些失去丈夫，失去兒子的女子都成了活寡婦，勇敢艱辛地擔起了家庭的重擔，育幼扶老，日夜期待著親人歸來團聚。

　　看那小小的桌子擺上了一家人的碗筷，年年候著親人回來賞月吃團圓飯、圍爐過除夕。

　　看那網桶與歌冊，那是東山女子在等候丈夫「討海」歸來時邊織魚網邊唱歌用的；本來是悠美的歌曲，如今已變成悽切哀怨的相思曲。

　　再看看陳列在那裡的單人戽銅與扁擔，那是村子裡的人用來把池塘裡的水戽上岸灌田用的工具，本來是年輕夫婦兩人一起做的工作，可是村子裡的男人走了之後，誰來和她一起戽水？聰明的「弱」女子想出了一個辦法，她們用一根扁擔插在池塘的對岸來代替丈夫，繩子的一端繫在扁擔上，自己執另一端，咬緊牙艱難地戽水。

　　展覽館裡還有一雙皮鞋，那是一位名叫林紅知買回來要給他的兒子的。當年他被抓走時，五歲無知的兒子向他要的；三十八年後，林紅知終於買了一雙鞋回來。

　　一把手電筒、一個鋁碗、一套普普通通的茶具……，都有它扣人心弦的故事，而這些故事的主角仍然生活在不同的悲痛與歡樂的故事中……

# 一幅墨寶
## ──福建文學之旅什錦之二

黃鎮國先生是寡婦村展覽館的負責人，聽完他的講解，我由衷的敬佩他。他是「寡婦村」村人，那場浩劫在他幼小的心靈刻下了不可磨滅的印記。他那顆善良的心關心著村子裡的每一位「活寡婦」，多少年來，他為這些「活寡婦」執筆寫信到台灣、到國外尋找親人；因著他的筆，一些失散的家庭聯繫上了；因著他的筆，在外的遊子回來了。為了感恩，有人特意帶回來一枝鋼筆，鋼筆上刻著「代筆功高」四個金字來送他。或許是長年執筆的關係，黃鎮國先生寫得一手很美的毛筆字。展覽館的三樓展覽著黃先生的幾十幅墨寶；我們大家都讚嘆不已。就在會館的一角落，我看到了一幅字，興奮地要找外子，想指給他看，卻見他正往我這邊走，邊走邊對我說：「看那幅字。」他指的那幅字正是我要他看的那一幅。上面寫著：「雲是鶴家鄉」。外子立刻把照相機拿給弄潮兒，請他為我們和黃先生在那幅墨寶前拍照留念。

離開了寡婦村展覽館，我們一行人聽說要到海濱去，大家都很興奮，這麼熱的天氣，到海濱吹吹海風，該有多好！

只是到了目的地，海濱竟不是我們想像中那麼美；因為這裡還在建設中。沒有一排排的椰樹，近中午的炎陽下，站在細白細白的沙灘上，往遠處看，一望無際的大海，被驕陽照得發出閃閃的金光，金光閃閃的海面上卻沒有飄蕩的小舟。

　　幾位村婦肩挑著沙土來回地走著。佳星一見到那些村婦，興致一起，向其中一位村婦借了她那空著的扁擔，大搖大擺地在細白的沙地上走著；然後又等村婦把沙土裝滿兩個竹籃，這下佳星再怎樣用力也沒法把擔子挑離地面，只好喘著氣回到我們的隊伍，一起享用午餐去了……

# 石獅一瞥
## ——福建文學之旅什錦之三

在東山匆匆用了午飯，我們又急著要到石獅。

抵達石獅已經是用晚飯的時分，我們的名譽團長明澈先生及夫人已經在那裡等著。稍休息一下就進餐廳用晚飯。一踏進餐廳，裡面已經有好多人，我這個在國外土生土長的番客，選了最裡面的一桌想坐下，卻聽見鷺鷥說裡面一桌是給「頭頭」坐的，因此我們只好站在一邊等候安排。

雲鶴一進來就吩咐我們八人要分散三席而坐，他示意我坐在進門處的那一桌，我往那邊一看，只見整桌都是男士，他們都在喝酒猜拳，我不敢插進去，又退回來告訴雲鶴我不便坐在那邊，最後只好請團長弄潮兒去陪他們。弄潮兒好酒量，一晚上只見他又猜拳又喝酒，盡興而回房。

回國好幾次，都沒機會到石獅，都說石獅的東西多又便宜，因此酒席一散，我和鷺鷥及晨夢子便到大街上溜達。夜晚十點，石獅的大街上燈火通亮，到幾家商店去看看，也沒什麼合我意，轉了一圈也就回旅社休息。明天一早有座談會，總不能坐在那裡打盹。

座談會辦得很隆重。石獅文聯主席李繁洪女士與幾位團體代表都在場；更令我們敬佩的是九十高齡的白刃前輩昨晚陪了我們一夜，今晨也在我們中間。他說：他是主人也是客人，他的文

藝創作是從菲律賓開始的。他述說了他石獅的童年生活及石獅現在的變化。座談間,石獅文友即興寫了幾首詩相贈,副團長弄潮兒也回贈了一首。雲鶴介紹了菲華文學情況,特別提出文學與教育有著密切的關係。由於華文教育的衰微而影響了菲華文學的興旺。華教的衰微不能單怪華教師資不好,家庭教育也是一個很重要的因素。身為老師的我與晨夢子也反映出同樣的問題。我們深覺家庭教育最為重要:孩子自出生至入學的那兩三年,家長若崇洋,不用華語與孩子溝通,那孩子一上學,就很難與華文老師交通,更別說他會喜愛華語。當然,公有公理,婆有婆理,身為家長的一定會把錯誤加在老師的身上。這是一個爭執不息的問題。年輕的社友野風為我們兩位老師搭了一針強心針,說他是從小在菲受教育的,今日倒也能寫幾篇文章。相互交流間,才發現在我們前面竟有電視工作人員當場攝影。只是,我們沒機會看到電視螢幕上的自己,因為那段時間我們就在往福州的路上。

　　用完中飯,我們抓緊時間到剛開張的時裝展覽城去參觀。幾分鐘的時間,走馬看花地繞了一圈就上車朝福州去了。

# 再訪福州
## ——福建文學之旅什錦之四

　　車子駛出展覽城，沿著公路往福州跑。由於上次要到東山時，似乎看到了聳立在公路旁的扶西・黎剎的紀念碑，因此這一次我眼睛一直不離公路兩旁，想較仔細地觀賞一下；車子路過羅山鎮時，我終於看到了。扶西・黎剎紀念碑，和倫禮沓公園的紀念碑一模一樣，只是小了一點。他那麼安然地站立著，象徵著中菲的友誼。此時，我心中突然有另一種感受……

　　是六十年代吧，倫禮沓興建中國公園及日本公園，那時候曾經引起了一番的爭論，有人認為不應在菲律賓的國土建立外國式的公園，就因為如此，日本公園的建造就不像中國公園那麼細緻了。是什麼原因讓人家有這樣的意識？

＊　　　　＊　　　　＊

　　記得雲鶴好像告訴我大約三個多鐘頭就可到福州，可是我們這一走好像走了好久都還沒到。原來為我們開車的司機不知道福州市中心在修路，因此一進福州市就碰到塞車，雲鶴幾次跟福州文化界的朋友連絡，才繞道找到了左海大廈。

　　到達左海大廈已經是晚上七點多鐘了，招待的朋友立刻把我們領進餐廳用膳。

＊　　　　＊　　　　＊

　　有一天在福州用早餐時，鷺鷥手機訊息一響，她看完訊息後問我們：「今天是不是XX號？」

　　我想一想說：「是啊。」

　　她笑了：「我都忘了今天是什麼日子。要不是我兒子祝賀我生日快樂，我都忘了。」於是我們幾個團友紛紛向她道賀。

　　夜裡，由於旅社好像離市區遠了一點，我們只好在左海大廈旁邊小路上的小店、小攤子走走看看。晨夢子和小帥哥野風悄悄溜去買了三朵紅玫瑰；回旅社後，待鷺鷥就寢之前，我們到她房間去，為她唱生日快樂歌，要野風權充一下鷺鷥的兒子，獻上剛買回來的紅玫瑰。

　　將近十天的相處，我們都好像一家人了。

＊　　　　＊　　　　＊

　　福州文化界的朋友帶我們前往馬尾參觀昭忠祠和船政館。踏進船政博物館，我才知道中國在清朝時期就有這麼先進的造船廠。1869年，船政造出了我國第一艘千礎級的輪船；1871年，我國有了第一台實用蒸氣機；1882年，製造了最大礎位鐵脅木殼兵船；1889年製造我國第一艘鋼甲軍艦。馬尾成為晚清時期中國最主要的造船與國防工業基地。來了一趟馬尾，對中國曾經輝煌過的歷史多了一點認識。

　　馬尾，是近代遠東最大的造船工業基地，是近代中國新式教育的發端，是近代中國海軍的根基，是愛國主義教育基地。

　　博物館附近有船政主題公園羅星塔園。園裡除了當年為海上船隻照亮航程的羅星塔外，有當年學者的石像，小帥哥興起依著石像談起當年事來了，於是我們大夥也湧向前拍張照留念。

# 匆匆訪集美
## ——福建文學之旅什錦之五

　　新潮文藝社這次福建文學之旅真的是來去匆匆；而行程最匆促的要算是集美之行。回菲之後，曾有團友說訪問日期應該長一點。想當時決定要回國訪問時，原訂兩星期之旅，但是團員中有人因工作關係，沒法請長假，只好縮為十天之旅。

　　從福州到集美時，又是中午時分。我們很高興地在集美大學接到了幾個月前回國升學的筱旖上車。幾個月不見，她胖了點兒，也漂亮多了；除了筱旖，我們也會合了在集美大學等待已久的盧建端主編，他們倆一上車，大伙便趕緊到餐廳用飯。我們這一團好像很饞似的，每到一個地方，第一件事就是吃。沒辦法啊，「民以食為天」嘛！

　　我們在集美只停留幾個小時就要上飛機回馬尼拉了；本以為可以利用這幾個小時交流，可是盧主編卻為我們安排下午到陳嘉庚紀念勝地去；因此我們只好在餐桌上一邊吃一邊交流。

　　陳嘉庚紀念勝地包括陳嘉庚先生故居、平生事迹陳列館、嘉庚公園和鰲園。這次我們是要去鰲園。鰲園我去過幾次，本想到時候我不下車，讓幾位沒來過集美的社友去走走；可是車子開到鰲園外時，就必須步行進去，盧主編怕午後的炎陽會把我們曬壞了，因此和守衛商量了好久終於讓我們乘車進去。當盧主編邀情大家下車時，我也隨著他們下去。走進鰲園就像走進歷史走廊，

走廊兩邊的石雕刻得多麼細膩，只可惜每次來都是那麼匆匆，沒充足的時間詳細欣賞，這次也是那麼匆匆一過。前幾次來，只在陳嘉庚紀念碑下拍張照片，這次跟著導遊拾級而上，才發現上面有一隻大石龜，那就是陳嘉庚先生的陵墓。俗語說；「溫故而知新」，我是上了一堂新的課了。

　　遊罷鰲園，就預備到飛機場等飛機去了。年輕的帥哥半路上下車找他的朋友去繼續他的福建之旅，杜鷺鶯則由她的弟弟接回廈門辦事去了。

　　弄潮兒、晨夢子、佳星、外子和我提著一箱的歡笑與記憶，帶著一深的疲憊在候機室等著飛回馬尼拉……

# 到上海住哪裡？
## ──師資培訓班側記之一

　　這次很榮幸被學校推派參加由菲律賓華文學校聯合會主持的教師上海進修團。經過兩次的開會，我們這一群由三十間學校的老師組成的隊伍，於四月三日早上八時，在機場外集合與校聯黃聰聰主任及常務理事范鳴英校長一起拍照後，便先後辦理手續進候機室。

　　記得最後一次開會時，我們曾經發問：

　　「到達上海，我們在哪裡住宿？」

　　「好像是住宿舍。」

　　「要不要帶被褥？」

　　「宿舍應該有。」

　　「洗衣服呢？」

　　「有洗衣機。」

　　「誰去接機？」

　　「不知道。相信僑辦會派人去接你們。」

　　飛機上，不時會聽到有人問：「如果沒人接機，我們怎麼辦？」

　　「露宿街頭。」

　　「哇苦！」

　　「如果沒人接我們，團長，你知道我們住什麼地方？」

「不知道。」

「怎麼辦？」

「再說吧！」

我們終於抵達上海浦東機場了。拿了行李出了關，隨著人群往前走；仍然會聽見有人說：「到底誰會來接我們？」

眼看就要到大門了，欄杆外那麼多人，可就沒看到我們想看到的牌子。忽然，有人大叫：「有了。就在右邊，手上拿著一個小小的紅牌。」

我們都看到了，就在人群較少的地方，站著一位和藹可親的中年人，手裡拿著一張寫著白字的紅卡，正在向我們微笑。大家總算鬆了一口氣。坐上大巴，我們才知道來接機的是僑辦的葛老師，還有一位是上海師范學院的胡老師。

坐上車，葛老師說我們遲到了一天，他說，當老師是不可以遲到的。其實，我們何曾想過要遲到。在馬尼拉第一次開會時，我們就知道是四月二號要走的，後來由於沒人贊助，結果就耽誤了我們的行程。

一路上，葛老師為我們講述上海的歷史，近幾年來的進步，以及未來的上海。

坐在車上，只見兩旁都是高樓大廈，建設設計並不亞於美國。

差不多一個鐘頭的路程，我們終於抵達了我們所要住宿的地方——上海教育國際文化中心，是間賓館，同行的老師們找好了伴侶，高高興興的進房休息去了，今夜，總算不必露宿街頭。

# 好消息？
## ——師資培訓班側記之二

　　天都未亮，我就醒來。窗外傳來陣陣鳥聲，那不是我在馬尼拉習慣聽到的鳥聲。我的室友睡得頂甜的，我悄悄拉開一小角的窗簾，想看看那擁有美妙歌聲的鳥兒長得怎麼樣？但是除了一叢叢的綠，我什麼也沒看到。

　　洗刷完畢，我的室友也起身了。待她整裝後，看看手錶，才六點四十五分。我們拿了早餐券到樓下去，餐廳要七點鐘才開放，於是，我們便往大門走。玻璃門外有兩三位團友在慢跑。我們踏出大廳，哇！這麼冷！十幾度的天氣，我們這幾個從熱帶來的學員都喊冷。但，有幾位學員已經穿著厚厚的寒衣，到外面走了一圈回來。我在賓館外面時，鳥聲已失，我到每棵大樹下去仰望，希望能看到幾隻小鳥，但我還是找不到。我在外面走了幾圈，終因受不了那陣陣吹來的冷風，而趕緊回賓館去。

　　餐廳外已經好多人了。我們A班的團長正在報告，他說：「A班的同學，報告一個好消息。」

　　「什麼好消息？」

　　「昨晚我們開會，老師、主任說，我們不但有普通話測試，還有三天的見習，見習後要在見習學校教一節課。」

　　「什麼！這叫好消息？」這消息使大家都緊張了起來。

　　「可以不教嗎？」

「不可以。這是僑辦規定的。我們既來學習，就該把所學的拿出來給人家看。」

「唉！」

「哇苦！」

早餐後，我們的班主任肖老師帶我們穿過桂林路到上海師範大學對外漢語學院去上課。肖老師為我們每一個學員分發了一本《普通話水平測試指導》，那就是我們測試的範圍。這一次的考試，不是筆試，而是口試。打開《普通話水平測試指導》一看，真的要學一學同班學員的口頭禪，喊一聲「哇苦！」裡面有些字是第一次看到的，再加上多音字，吃了這麼一大把年齡，要學要記也沒那麼容易了！

普通話老師周彩敏教授很認真地為我們糾正口音，只是習慣了台灣腔、閩南調的我們，一時也改變不來，加上認識的詞語也沒那麼多，我們可真耽心要如何面對考官了。

在菲律賓土生土長的我，受的是台灣的華文教育。七十年代中菲建交之後，才有機會接觸到中國的書刊，九十年代來了中國督導，我才發現，海峽兩岸不僅僅是漢字不統一，有些字的語音也不統一。學員們有好多都未曾接觸過簡體字，他們更是叫苦連天。

教授及班主任一聽到學員們的叫苦聲，竟為我們每個學員帶來了一本繁簡對照的字典，他們對我們的關照可真是無微不至啊！

# 花開花謝
## ——師資培訓班側記之三

到上海的第一天早晨，天氣很冷，我到賓館外面的車場去，找不到那一大早就把我叫醒的鳥兒。和室友慢步走向大街，我看到了一棵開滿了粉紅色花兒的樹。沒有樹葉，都是花朵，在菲律賓土生土長的我，不知道那是什麼花。問問室友，她也不知道。樹不太高，我站在樹下觀賞著，重疊著的花瓣，沒有香味；但惹人喜愛。靠著我看圖畫而得的印象，我想，它若不是梅花便是桃花。

第二天早晨，我仍然走到那棵樹下賞花。幾位學員看到我在看花，她們也都湊近來看。她們說：「這花很美。是什麼花？」我們這些從熱帶來的「番仔戀」都不知道那是什麼花。

走回賓館，站在餐廳外等服務員開門時，我看到一位櫃台小姐從大門進來，於是我走向前去問：「小姐，請問外面那一樹花是什麼花？」

她轉身一看：「是梅花。」

哦，是梅花。

每天，我都要從那樹梅花經過，每次經過時，我都會停下來看看它，它不嬌艷，但有一種淡淡的、靜靜的美。

有一天早上，我又立足觀賞時，看見一位以前的同事從我旁邊經過，我突然想起她曾經到台灣留學，於是，我拉住了她，然後指著旁邊的花，問：「這是什麼花？」

「我不知道。」她說。

「你怎麼會不知道。你在台灣沒看過這種花嗎？」

「沒印象。看樣子是桃花。」

「櫃台小姐說是梅花。」

「梅花是冬天開的。這應該是桃花。」

　　我跟在她後面走著，心裡想，她說的也有道理。曾經在四月底與文友遊過江南，記得在紹興的時候，地陪指著岸邊的一排樹說：「這些都是桃樹，可惜你們來晚了一點，桃花都謝了。」那時候聽她提起桃花，我和晨夢子不約而同地唱起「桃花江」來。而今，才四月初旬，極可能是桃花。

　　四月八日，我們全體陪訓班的同學分成八、九部車要到杭州去旅遊。出發之前，我又向我們A班的班主任請教：「老師，請問那是什麼花？」

　　班主任看了看，對我說：「我也不清楚那是什麼花。」

　　在斷斷續續的雨簾中遊了兩天的杭州。

　　再次回到上海賓館時，賓館外那令我頻頻回首瞻望的花兒，已被風雨摧殘得面目全非，望著滿地的花，我心酸了。生命何其短暫，但你已把最好的展現給我們了。我很慶幸，我已把你藏進我的照相機裡，我相信，你也將永遠存在我的腦海中。但願不久的將來，我能再回來看看你。

# 美羅城
## ——師資培訓班側記之四

　　上「對外漢語視聽說教學」的時候，我很注意聽，因為我所面對的學生，有很多是對華文認識不多的華人子弟，也有想學華語的菲律賓朋友。教授介紹了幾本書讓我們參考，於是學員們都急著問要到那裡買。教授說一般書店都有；但我們又不知道哪兒有書店。教授說，美羅城的最上層有書店，於是我們又問要怎樣到美羅城。她就很詳細地告訴我們要坐幾路車到徐家匯，看到一個有大玻璃球的商店，那就是美羅城了。

　　第二天晚上，我們幾個人匆匆忙忙吃了晚飯便往車站跑。年輕的老師小林問我知不知道美羅城在哪裡。我說，美羅城我去過，但那已經是將近十年前的事了。我知道它近地鐵站，相信很容易找得到。

　　坐在公交車上，有的眼睛都直盯著外面找那有玻璃球的商店，有的看著車上閃示下一站的提示牌，才幾分鐘，徐家匯站就到了，我們趕緊下車，過了馬路，快到地鐵站時，我一抬頭就看到美羅城三個大紅字。我指著那座大樓告訴旁邊的人說：「美羅城到了。」大家都興奮地往前走。突然聽見有人說：「老師不是說門口有個大玻璃球嗎？怎麼沒見玻璃球？」

　　是啊。玻璃球呢？可是那三個字明明是美羅城。

　　管它的。我們進了美羅城，裡面多數是電子器材，年輕的老師興致勃勃地觀看那些電器，我呢，志不在此，因此我們就三、五結伴，各走各路，約好八點鐘再回原地集合回賓館。我和老同事一層一層地往上走，終於找到了那家書店。我好高興地往裡面走。自己要的參考教材沒找到，倒是買了些鋼琴譜要給女兒，也買了蔡志忠的漫畫書給老大，老三呢？沒看到適合他的。這樣一個書櫃一個書櫃地瀏覽著，看看手錶，已經將到約定的時間了。我趕緊到櫃檯付錢，預備下樓與其他學員會合。

　　順著電動扶梯一直往下走。奇怪，怎麼和剛才不一樣了？分手的時候是在電子器材店的門口，現在呈現在眼前的都是餐飲店。我往大門外看，太平洋百貨公司就在對面，沒錯啊。我拉著同伴的手步出大門，抬頭一看，一個大玻璃球就在上面，美羅城三個字也在上面！我們朝著地鐵站的方向走，走過一座大廈，另一個美羅城就在眼前。原來它是由兩間大樓連接起來的。再進剛才進去的美羅城時，幾位學員已經在那裡等著。步出美羅城，我指著另一個美羅城要他們看。

　　「喔！原來老師說的大玻璃球就在那裡！」

　　我們是幾個來自海外的鄉巴佬！

# 三天見習
## ——師資培訓班側記之五

　　正如團長所報告的，我們師資培訓班除了到上海來上課，還安排每一班的學員到各校去實地見習，瞭解當地老師的教學方法外，最後要當場實踐所學。

　　我們A班的學員是開路先鋒，上課第二週就按著班號，十個人一組，分別被安排到各學校去見習。四月十二、十三、十四那幾天，是我們在上海那段時間內天氣最冷的三天。十二號早上，我們十個人冒著雨，跟著領導老師走到上海師大附屬小學去。我和四位老師被安排在一年級，另外五位老師則安排在二年級聽課學習。

　　聽了一節課之後，我們發現菲律賓的中學生都比不上他們。小學一年級，每天都教新課，學生們都是一口流利的普通話，在老師的啟發下，他們能夠思考、聯想，然後發言。更令我敬佩的是，他們能聽出哪位同學的音調錯了，哪位同學朗讀時表情不夠，讓我們這一群來自海外的華文老師汗顏；因此一下課，我們就向該校老師請求免去我們的負擔。我們用了好多的理由要求不必再讓我們實地教學了。老師們聽了我們的苦衷，便答應為我們向上方請示。

　　中午，學校當局為我們預備了豐富的午餐，還問我們想吃什麼。有學員說：「來上海一個星期了，還沒看到賣臭豆腐的。」

廚師聽到了，立刻說明天要為我們預備臭豆腐。

下午，風雨更大，我帶的寒衣不夠，正愁著明天要穿什麼，突然想起上星期和幾位學員到襄陽商場時，花了幾十分鐘拉鋸似的討價還價之後才買下的及膝外套，那外套本是預備十二月出國時用的，現在正好派上用場。

十四號早上，氣溫比昨天低，我們仍然冒著細雨到上海師大附屬小學。老師們帶給我們一個很不好的消息：僑辦不允許免掉我們實地教學。本來輕鬆的心情，現在又沉重了起來。早上我們又到另一班去見習。

中午，廚師真的為我們預備了臭豆腐。臭豆腐就像我們菲律賓的榴槤，氣味真的很臭，可是一進口，那酥香的味道又是另一回事。

吃罷中飯，我們都很緊張地跟師大附屬小學的老師們討論、預備明天的教案。師大附屬小學的莊老師、徐老師和樊老師都很熱心地幫助、指導我們，還一直說我們一定能勝任。

最後一天的見習，氣溫稍上升了一點點，但我們的手因為緊張的原固，還是冷冰水的。一踏進師大附屬小學的大門，僑辦的人員已經到了。大家一起拍照後就各就各位教書去了。

我被安排教樊老師的那一班。鐘聲敲響之前，我先進課室把課文的題目寫在黑板上。由於自己的字寫得不好看，我很用心地寫著：第三十三課「誰的本領大」。「大」字還沒寫完，聽見後面有個女生說：

「老師寫錯了。」

「是啊。老師寫錯了。」又有一個聲音說。

我看看黑板，哪個字寫錯了？心有點慌了。

　　「老師，」是那個很可愛又聰明的男生的聲音，「我們本領的『領』跟你們外國的『領』不一樣。」

　　我再看看，這下，沒那麼慌了。上課之前，我一直提醒自己要寫簡體字，結果，「誰」是簡體字，「領」卻沒把它簡化。我向那位小朋友道謝後，趕緊把「領」字改好。

　　上課時，我立刻向同學們解釋為什麼我們外國的「領」跟中國的「領」不一樣。心想，海外的華人子弟，在繁簡的爭論中，他們學華文有多辛苦啊！

　　一節課順順利利地上完了。我們一年級的老師很幸運，沒有僑辦的人員來聽課；不過，聽說他們聽了二年級的課後，還稱讚我們海外的老師教得不錯。

# 出外靠朋友
## ──師資培訓班側記之六

　　鄰室的小蔡是我們A班的學員，但出外見習的那幾天，她被安排到徐匯區第一中心小學去見習。見習的第一天，天氣冷，下課的時候又下大雨，她與同伴走失了，自己冒著雨東碰西竄，回到賓館時天已經黑了，全身也被淋濕了。幾天後，她病倒了，吃了藥，似乎好了，但過了幾天，又不舒服了。

　　那天傍晚，我和室友老許在房間裡看連續劇，門鈴響了，是小林，她說小蔡躺在床上，全身發抖，我和老許趕緊過去看她。摸摸她的頭，並不熱，但我想，那是發高燒的前奏。老許為她按摩，我為她刮痧，還用毛巾燙熱水，放在腳底下。待她入眠之後我們才回房。回到房間，又想到她沒吃晚飯，於是，又把餅干送到她房裡去。

　　第二天，培訓班全體學員到蘇州去，小蔡沒辦法去，她發燒了；其他的學員聽說她病了，都紛紛去探望她，有的拿退熱藥，有的送消炎藥，有的來為她量體溫，大家就像一家人那樣的關懷著她。

　　從蘇州回來，我們立刻到鄰室去探望她。她看上去還是很虛弱，問她晚飯吃了沒有，她說負責單位已派人把晚飯送到房間裡給她。

　　四月十六號，主辦單位為我們安排上海一日遊。小蔡跟著我
們一起去參觀上海城市規劃展示館；可是，觀罷城市規劃展示館
出來，我們找不到小蔡。後來，班主任肖老師說，小蔡感到不舒
服，自己「打的」回去了。

　　在城隍廟用晚飯的時候，都想起了小蔡，於是，我們把每一
種包子都留下了一份帶回賓館給小蔡。

　　回賓館的時候，我們發現仍然有人把晚餐送進房給她吃。

　　這次到上海進修，處處都体會到負責單位對學員們的關照。

　　聽說好多學員不習慣看簡體字，負責單位就送給我們每人一
本繁簡對照字典；下雨了，又給了我們每人一把傘；有位學員腳
部不舒服，班主任知道了，就陪她去找醫生。真的是照顧得無微
不至。

　　我不禁想起了古人的話：在家日日好，出門朝朝難；然而，
也體驗到在外靠朋友的溫馨。

# 「走得慢的同學請跟著我」
## ——師資培訓班側記之七

四月八、九日，我們培訓班全體學員到杭州去遊覽。那天的雨，時細時粗。由於有的學員忘了帶雨傘，肖老師便當場建議主辦單位發錢讓學員買傘。

我們的班主任肖老師是位很棒的導遊，一路上，與他同行，我們就如同走進了時光的隧道，他啟開了我們早已塵封的中國歷史，也增加了我們中國歷史的知識並讓我們展望到進展中的中國。由於肖老師詳細的講解，相比之下，竟把當天的地陪給比了下去。

我們的第一個景點是靈隱寺。我們跟著地陪走，地陪帶著我們好似要往山路走，我一看，都是些石雕，下著雨，我怕路滑不好走，我正猶豫著是否要隨著前行，回頭一看，只見肖老師和幾位學員正站在大路旁，我於是轉了方向，跟著肖老師走。肖老師一邊走，一邊為我們述說靈隱寺和飛來峰的故事。飛來峰在靈隱寺前，傳說是印度高僧慧理登山，說「此天竺（今印度）靈鷲山之小嶺，不知何年飛來？」因此而名飛來峰，又名靈鷲峰。與飛來峰相對的靈隱寺是杭州規模最大的寺廟，當年康熙皇帝南巡時賜名為「雲林禪寺」。我八十年度來杭州靈隱寺時，只見天王殿和大雄寶殿，如今增建一座新殿，裡面三尊佛像極為壯麗，是現代化的藝術表現，也是我這兩年來見過最美的佛像。

　　有學員見我進佛殿甚為驚訝，認為身為基督徒的我，不應進佛寺，其實，我並不以為然。到中國、泰國、印度、緬甸旅遊，你不進佛寺，欣賞尊尊佛像，豈不是太可惜了？

　　乘船游西湖時下起雨來了；只是，雨中的西湖也給了我們一種朦朧的美。在雨中看斷橋，不由讓人想起《白蛇傳》那悽涼的愛情故事。

　　這次再遊西湖，很希望能在夜裡出來欣賞三潭印月的美景，結果還是沒法完成心願。

　　肖老師是一位很認真、很負責任的老師，我們每到一個地方，他一定會囑咐我們要注意跟著導遊，不要走失了。告訴我們要在那裡停留幾分鐘，幾點鐘在什麼地方集合，有學員沒準時到來，他會說：「你們就在這裡等著，我去找他們。」因此，我們背地裡都叫他「爹地」，因為他一直就像個長輩那樣地關心、看護著我們。

　　到西湖旁的公園遊覽時，我們剛走進去，肖老師又開始吩咐了，這次他加了一句：「你們這一班的同學好像走得慢，跟不上導遊，走得慢的同學就跟著我。」我們幾位學員都相視而笑，因為我們有好幾位是故意走得慢，要跟著肖老師，聽他講故事。別班的學員看到肖老師那麼詳細地為我們講解，都好羨慕。這個秘密，或許肖老師到現在還不知道吧？

# 「我的鞋子呢？」
## ——師資培訓班側記之八

這次參加培訓班，主辦單位為我們安排「盛宴」，課程安排得滿滿的，讓我們從各位教授受益良多。身為老師，我們應該清楚自己的地位、責任。我們要明白自己的課材，懂得用各種方法來傳授，也要瞭解學生的心理、學生的需要，適時地給予輔導與幫助。為了調劑枯燥的課堂氣氛，老師也必須有幽默感，要懂得用遊戲或其他方式來引起學生的興趣。各位教授盡心盡力為我們講課，內容豐富，他們敬業的精神是我們應該學習的。

由於學習的科目多，午休的時間稍短，因此午飯後一點鐘的那一節課，有些學員，包括我在內，常會打瞌睡，因此我們的衣袋或包包裡經常有糖果，眼睛忍不住要閉上時，就拿顆糖果往口裡塞；但是，有時候真的忍不住，頭就會往下垂。有一次，在眼睛已閉上而耳朵尚未關機時，忽聽教授說：「聽了一早上的課，你們也夠累的了，沒關係，累了就閉上眼歇一會兒。」聽教授這麼一說，我反而有點不好意思；當然，也有些學員很聽話地閉上眼安安心心地休息去了。

或許是有午睡的習慣，或許真的是聽課聽得太累了，有位學員經常禁不住地睡著了。坐在她前面的男學員，為了不讓老師看到有學生聽課聽得入睡，就把旁邊的窗簾拉到他自己的身後，然

後用身子把窗簾壓住，如此一來，老師就不會一眼就看到打瞌睡的同學。

有那麼一個下午，這位學員又睡著了。前面那位男學員又開始拉窗簾，可是那天風好大，窗簾不那麼服貼地固定在身後，只見那位男學員的身體不時地動著，他的坐姿變動了好幾次才定下來聽課。

聽了一段課後，睡覺的學員醒來了，她也左右往下地看著，然後低聲地問旁邊的同學：「我的鞋子呢？」同伴聳聳肩說不知道。

睡了一覺，鞋子竟跑掉了！

那時，我突然想起我的學生。下午兩點鐘的課，好幾位同學不是趴在桌子上睡，就是坐在椅子上，腦袋搖啊搖的，不是低頭說「阿們」，就是仰首唱「阿利路亞」。我這位當老師的，有時候真的有點氣，但也不能責怪他們。從早上七點多鐘就上英文課，除了幾分鐘的休息和不到一個小時的午餐時間，他們一上就上到下午一點多。休息幾分鐘，又上中文課，真夠累的；再加上對中文又沒多大興趣，怎不會打瞌睡？可喜的是，還未曾有同學來問我：「老師，我的鞋子呢？」

# 友善的守衛
## ──師資培訓班側記之九

　　那天聽說上海有一家書城，我們幾個學員便相約放學後結伴而去。向班主任報告說我們不跟大夥兒一起用晚飯，問好了坐幾號車，轉地鐵，在哪一站下車後，我們把書本筆記帶回賓館後，便坐上公交車，轉地鐵到書城去。

　　下了地鐵，走了一段路，我們終於找到書城，一踏進書城的大門，我真是大開眼界。六、七層樓的大廈，全都是書和教學用具。由於女生喜歡逛街買東西，一聽說南京步行街就在附近，我們早就說好到書城買完書要到南京步行街。現在一看到書城真是名符其實的「城」，竟不知要怎樣安排時間；後來還是決定在書城待一個半小時，然後到南京路去吃晚飯，逛街。

　　我到書城主要是買語言教學的教材，找到了我所需要的東西是在六樓後，我便直接上六樓。買到了所需要的東西，我才一層層往下走，這一走，又多買了好幾本書。上次在美羅城的書店已經買了好幾本書，現在又買，我肯定行李是會超重的了。

　　到了約定的時間，我們在書城的大門口集合。現在我們最重要的是要搞清楚怎樣到步行街。我看看門口的兩位守衛，便走近剛才與我們搭訕的那位守衛：「請問到南京步行街該怎麼走？」

　　他微笑地往大門走，然後指著右邊對我們說：「從這裡走到大街，再向左拐就是了。」

　　我們重複了他的話。

　　他點了點頭說：「對。」接著又說：「這樣吧，我跟你們一起去。」

　　我們都異口同聲地婉辭了。這時，站在另一旁的守衛也走向前來告訴我們說：「讓他帶你們去吧。」我們再次婉辭他們的好意，提著大包小包往大街走。

　　幾年不見的上海，除了建設上、經濟上的改善，人們的素質似乎也提高了。記得以前來上海，可能不只是上海，在別的城市可能也一樣，你向當地人問路：「請問南京路在哪裡？」他會噘起嘴說：「就在那邊。」不像現在，迷了路，向當地人問路時，他會詳詳細細地告訴你，往哪方向走，在哪轉。

　　奧運不久即將在北京舉行，蓋時肯定會有很多外國人到中國來，中國人是不是應該改善一下自己的品德，留給外國人一個美好的印象？

# 磁浮懸列車
## ──師資培訓班側記之十

　　四月十五日我們三組培訓班的學員一起到蘇州去遊覽。記得三年多前到蘇州，好像沒有內、外環線，高架公路等等，這次再見蘇州，它的進步實在令我讚嘆。

　　留園，我是舊地重遊；但這次重遊對它的認識是更多了一點，因為我們有一位很好的導遊──肖老師。

　　留園是中國四大名園之一，是明代徐泰時的私家花園，至清朝，布政史劉蓉鋒給予修建，園內種白皮松、梧竹，稱為寒碧山莊，俗稱劉園。留園本來只有東西兩園，到1876年又重修，且擴了東西北三部份，易名留園。

　　當然到蘇州一定要參觀絲綢之家，但，像上次一樣，我還是不忍心看那些被泡進熱水中的繭，也沒買什麼絲產品。

　　第二天的上海一日遊更是令我心動。

　　最後一次到上海是二十一世紀初，那時浦東國際機場還在建築中，這次來，我們是從浦東下機的。由浦東到我們住宿的地方須一個小時。一路上看到幾年來上海的進步真是迅速。

　　十六日的上海一日遊，我們去參觀上海城市規劃展示館和上海博物館。上海城市規劃劃館把整個上海市的古、今、將來展現給大家看。館裡的多功能虛擬廳讓你如坐飛船，穿越片片雲空，看著二十一世紀的上海。這麼繁華、先進的城市，有誰能比得上？

　　我們何等榮幸，主辦單位為我們安排乘坐磁浮懸列車。這是世界上第一條商業運營的高速磁浮懸列車。大巴把我們送到浦東機場，然後我們再從浦東機場乘坐磁浮懸列車到浦東龍陽站，以每秒幾百公里的速度，我們只花費了七分鐘便抵達目的地。未上車前，還擔心那麼快速的列車，是否會影響心跳與血壓？坐上車，才知道它是那麼平穩，我們只見一排排的樹木、房子飛般地往後退，只那麼一剎那，我們已經到達目的地。

　　回想八十年代與兩個孩子回國，從廈門要到杭州，由於沒有提前訂機票，我們只好坐火車到杭州，那時候，我們在火車上熬了三十多個小時。如今，有了磁浮懸列車，相信不久的將來，到中國旅遊不再是那麼費時的事了。

　　三個星期的培訓一眨眼就結束了。曲終人散，但我們所看，所學的，將永記在心。但願能把所學的好好的實踐出來。

# 一線天

　　幾天的假日，外子帶著我和老三到武夷山去走走，這次的走走，可真夠累！

　　夜裡十一點鐘左右到達武夷山，第二天八點多鐘就去爬山。上上下下兩千多級的石階，真夠我的雙腳受的。一向以車代步的我，真的爬得上氣不接下氣，又不能半途而退縮，只好硬著頭皮上去，還好有老三同行，他成了我的枴杖，支撐著我往上爬。

　　一路上走走歇歇地看風景，群峰奇異，百看不厭，只能讚嘆造物主的偉大。

　　導遊把我們帶到一線天時，看到那麼幽暗的山洞，那麼多的人排隊要穿過山洞，我們真想退出；可是導遊告訴我們說：「來到這裡，不進去走走，你會很遺憾的。」於是，我們就跟著隊伍前進。

　　兩邊的峭壁，只容納一個人通過的小道，站在裡面，好像被關進一間幽暗的房間裡，四面全是壁，只那麼一線光從上面射進來，我感到自己是那麼渺小，那麼無助。那幾天，從電視機聽到有人預言台灣會有地震，那時心中可有點不安，心想，夾在兩座山崖中，一旦地震，會有什麼後果？但是，抬頭看看那一線的天空，我對上帝說：「上帝啊，您是我的亮光，是我的幫助，是我的靠山，您必保守我們出入平安。」我們終於慢慢地走出山壁小道，重見遼闊的天空。

　　由於這次導遊只陪我們三人，因此對於武夷山的一些傳說，我們能聽得更詳細。傳說中的一線天本來是一座大山崖，當年伏羲氏白天在此教百姓採野麻，搓麻繩，晚上教他們捕魚捉鳥。可是，夜晚沒有燈光，洞裡洞外漆黑一片，在加上群獸出沒，百姓如何工作呢？伏羲想，要是能在山洞上面開扇窗，讓月光射進洞，那該有多好？

　　於是伏羲便駕雲回天宮，向玉帝說明來意，並向他借把玉斧，玉帝聽了，立刻讓他去取玉斧。伏羲拿到玉斧，匆匆趕回武夷山。他登上山，高舉玉斧把山崖劈成兩半，從此月光自裂縫穿進山洞，百姓就不必摸黑工作。後人為了紀念伏羲的恩情，便把伏羲當年住過的岩洞稱為伏羲洞，而把劈成兩半的山崖叫做一線天。

　　一線天，人們黑暗中的光亮，絕望中的一線希望。

# 街景

在廈門輪渡站下了車，我和兩位青年人由地下通道走上了中山路。星期日的中山路是一條步行街。街道的兩旁不是賣吃的，就是賣穿的，不然就是兒童玩具。

我們走進了影音店，在那裡待了好一會兒，找到了一些各自喜歡的CD、VCD、DVD後又混進人潮中。我們在街上漫步，觀賞兩旁的商店，我發現好多舊商店都被新建築物所取代了。記得幾年前，曾經和文藝界的幾位朋友一起在一家扁食店吃點心，本想讓與我同行的青年人嚐嚐，可是竟找不到了。是扁食店被遷走了，還是我記錯了地點？

我們仍然毫無目的地走著，不遠處的行人道旁站著一群人，我們也好奇地走向前，只見那裡坐著一個四十歲左右的男子，他整個上身往前彎，口裡含著一支毛筆，正在寫字。字是倒掉寫的，為了是讓行人能看到他寫的字。寫的內容是細訴自己不幸的遭遇，希望行人能慷慨解囊相助。寫字的是一個四肢殘缺的人，他的一隻手只有常人的一半長。站著的行人，包括我在內，都未曾拿出一分錢來幫助他，不是我沒同情心，而是看到那情景，心中有無限的感觸，站在那兒，竟忘了自己應該做什麼。

這時候，來了個小姑娘，她手裡拿了一個麥當勞的袋子，輕輕地放在殘障人的身旁；還在寫字的他，發覺身旁多了個小包，

轉頭一看，立即放下口中的毛筆，合攏起短小畸形的雙手，一直
向小姑娘道謝。那眼光充滿了無限的感激之情。

　　多善良的小姑娘啊！

　　我為什麼忘了要伸手援手呢？

　　看看我身旁的同伴，她眼睛紅紅的。

　　「好可憐啊。」她說。「看他寫的字，多麼端正，比起他，
我差得遠了。剛才，我很想拍張照讓你帶回家給你的學生們看。
上帝給了他們健全的四肢，給了他們聰明智慧，他們卻不懂得珍
惜。看到他，我感謝神所賜給我的一切，我也很慚愧，沒有好好
珍惜上帝所賜給我的。」

# 霧中的東方明珠

老大已經好幾年沒回國，這次我要他陪我一道回廈門辦事，然後還特地抽個空到上海去走走。

從廈門到達上海時，已經將近中午，我們在賓館安頓下來之後，稍微休息一下，便到外面去逛逛，順便找個吃的地方。我們住的賓館靠近延安路的靜安區，交通非常方便，走不到十分鐘就有公交車站。我們坐上公車到人民廣場，打算吃完中飯後，去參觀上海博物館；誰知，一到人民廣場，跟我同行的兩個青年人，看到廣場上的鴿子，竟忘了空著的肚子，一人一架照相機，你東我西，到處追逐他們的模特兒，尋找角度，喀啦喀啦地按著。我呢，只好靜坐等候。

那天是星期六，廣場的遊人不少，我坐在一旁看那些在草地上追逐鴿子的小孩。他們有的拿著玉米當誘餌，希望能摸摸小鴿子；有的又怕被白鴿啄傷，就把玉米或花生扔在草地上，待鴿子來啄食，他們伸出雙手想撲捉時，鴿子已經展翅遠飛了。穿著厚厚棉襖及開襠褲的小孩只能站在那裡伸出雙手呆望著天空。

兩個青年人，那麼不厭倦地走走歇歇，而我的肚子已經在大鳴鼓，我把他們叫了過來，吃午飯去了。

吃過午飯，到博物館去，天啊！一條人龍從售票處一直排到博物館的出口處。哪兒來的那麼多人？有學生，有本地人，也有老外。原來這兩天博物館免費供人參觀，但必須排隊拿票才能進

場。我看看手錶，已經三點多鐘，博物館四點鐘關門，來不及取
票了，只好改變計劃，到書城去。

　　七層樓的書城，我們在那裡打發了下午的下半段時間，然後
到步行街去吃晚飯，七點多鐘，才到外灘去看亞洲最高的廣播電
塔——東方明珠。

　　外灘江邊人好多，我們找了個地方站好，抬頭一望，只見
四百多米高的東方明珠，只剩下一百多米。那幾天，上海時有下
雨，濃濃的霧把上面的幾個小珠都蓋上了；但最低層的那個大鋼
結構球仍然那麼驕傲地閃示著她多彩多姿的光。第一次來到上海
的誼妹好興奮，拿著照相機不停地拍著。霧中的東方明珠，她不
那麼嬌艷，也沒有了那種令人高攀不上的感覺。她站在那兒，以
她的溫柔吸引著我們。雨毛毛，我們並不想離去，我覺得她像一
個披上婚紗的姑娘，期待著情人把那層婚紗給揭開……

# 獅城機場上

過三個多小時的旅程，我們終於到了闊別多年的獅城。

飛機落地後，我們隨著前面的旅人慢慢步出機艙時，聽到了前面機艙有陣陣小孩的哭聲；後來才看到有位父親背著背包，左右手分別抱著小孩要步出機艙。那女孩大約六歲，男孩三歲左右。兩個孩子緊緊抱住父親，讓做父親的寸步難移，只好重新坐下，讓後面的人先走。

那天旅客好多，我們步進大廳時，海關檢驗處已經排了好幾條長龍。我和外子選了一條人比較少的隊伍排上。後面又傳來孩子的嚎哭聲，我轉頭一看，那兩個孩子分別抱住父親的兩隻腳在電動扶梯處大哭，父親正拿著手帕擦汗。

不久，父子三人終於下樓來，但孩子仍然不肯自己走動，非要父親抱不可。站在他們前面的陌生人拿了巧克力糖要給他們，兩個孩子都不肯接受；可憐那位父親，累得汗流浹背。

那天，可能是人太多的關係，總覺得隊伍進度很慢，那兩個孩子，只要父親一放手，他就哭，我很同情那位父親，也很佩服他的耐心，一路下來，都沒聽到他大聲責罵孩子。

前面的人漸漸減少，這時，我看到一位好似比較高級的人員，拿了一部手提電腦，來到一個空著的櫃台，然後請那位被孩子纏擾得不知如何是好的父親過去，儘快地辦好他們的入境手續，那位父親總算舒了一口氣。

　　我很欣賞機場上的那位工作人員，她的那份付出，為一個父親解決了一個困境。

　　我們辦完手續出來要提行李時，看到那位父親自己一個人站在那兒，孩子不在他身邊，我很想問他孩子呢？又怕人家說我多管閒事，便把話吞回去。出了機場大門，看到那兩個孩子正依偎在一位婦人的懷中，我想，那一定是他倆的母親，在這裡工作，聖誕回不了家，所以就讓丈夫一個人帶著兩個孩子來過節團圓。

　　試問，這世界上，還有多少人離鄉背井，不能與家人團聚的？正是幾家歡樂幾家愁啊！

# 援手

　　到達新加坡的那天晚上，看到賓館房間裡有些旅遊資料，我順手翻開來看，除了介紹一些一日遊的旅遊團之外，還有聖誕節期間的一些活動，其中有幾個藝術文化展覽。在那些展覽中，最吸引我的是羅浮宮古希臘珍藏展，這可是千載難逢的機會，把消息告訴外子時，或許是旅途累了吧，聽不清楚我的話，他竟然回說：

　　「國家博館的展覽有什麼好看？」

　　第二天早上，我們約了關先生一起用餐。關先生一坐下，就把手上的報紙遞給我說：「我今天沒辦法陪你們，但我想這附近有個展覽會，你們一定會想去參觀的。」他指著報紙的一角給我看。哈，這就是我昨夜說的嘛。我說：「我昨晚告訴他，」我指指外子，「他好像沒興趣看。」

　　「怎麼會沒興趣，這是他的本行嘛。」

　　這時外子已經盛了一盤食品回座，聽到關先生的話，就問：「什麼本行？」

　　關先生拿報紙給他看。「哇，這個好，這個好。」外子說。

　　哎，還是朋友的話好聽。

　　吃完早飯，關先生開車送我們到博物館。

　　博物館連底層算起來應該是四層樓吧。我們買了票就先到地下層去。那裡展出Neues Bauen從1972至2002年的一些建築模型

以及一些照片。鄰著這一展覽的就是羅浮宮珍藏品。這是珍藏品第一次在東南亞地區展出，我覺得我是何等幸運。我對藝術雖一竅不通，但觀賞那些人物塑像，勾起了我希臘神話的記憶，那時刻，好希望手裡能握有一本神話書，好讓自己融進那古老的年代裡。

博物館的第一層是大廳，我們乘電動扶梯去參觀新加坡歷史館。踏進歷史館，服務員會給你一個隨身導遊機。歷史館分兩路：歷史項目徑及個人觀點徑。歷史徑把新加坡歷史上重要事件及人物一一介紹給觀眾遊客；而個人徑則是藉著旁觀者的眼光把新加坡呈現給大家。

看罷三個展覽館已經是中午十二點多，沿著博物館外的大路走，我們走到一個小商場。我們隨便找了一家食館吃了一頓，休息一會兒，到處走走看看。後來又走到烏節路去。十年沒到新加坡，一些地方我都找不到，只好走到哪兒，看到哪兒。走累了，想回「家」，拿出新加坡地圖，想看看該乘哪一路車回去，可又搞不清自己身在何處。笨極了。

先翁在時，常告訴我們：「路就在嘴上。」他教我們迷了路時，儘管開口問。

飲冰室裡坐著三個菲律賓人，兩個女的，一個男的。我拿了地圖靠近他們，用菲語向他們問路。「他鄉遇故知」應該是很高興的事，他們指著地圖，問我們住哪兒，然後很詳細地告訴我們要坐幾號的大巴，或是哪一路的輕型電車，在哪一站下車，下車後往哪一方向走。聽了他們的話，我們終於找到了電車站。

晚上與朋友一起吃一頓福建菜後，我們想再回烏節路。記得以前聖誕節到新加坡，烏節路一帶的商店有聖誕裝潢比賽，美不

勝收；這次重遊新加坡，想再看看烏節路美輪美奐的聖誕裝潢，誰知，到了烏節路，我倆大失所望。街道上行人好多，由於沒有裝潢比賽，商店、賓館都沒吸引遊人的佈置，只有行人道和大街上掛滿了淡藍色的聖誕燈。若是沒那麼多的行人，淡藍色的燈光下，伴著紛紛細雨，倒是有點平靜安寧的氣氛。

　　我們又走到電車站。糟糕，賣卡機不收十元紙幣，我倆又不夠零用錢，正不知該怎麼辦時，旁邊有人遞了零錢過來，我們要與他換，他們父子倆都不接受。素不相識，伸手援助，我們真的感激不盡。拿了車票，我們就隨著人潮走，在電動扶梯上，父子倆看到了我們，立刻對我們說：「你們走錯了，應該走紫線才對。」真是好心人。我們趕緊往回走。茫茫人海中，我們可能不會再相見，但我不會忘了人生路上的恩人。願上帝保守祝福你們！

# 認錯教堂

　　每到一個陌生的地方，我總是要看看住宿地周圍的見築物，以防萬一迷了路，也好向人問路。

　　十二月到新加坡時，朋友開車到機場接我們，我一路上觀賞闊別多年的新加坡，一面記住路旁的一些標誌。

　　居住的地方靠近一座天主教堂，我這就記住了。

　　有一個下午，我們到一個商場去逛逛，雖說是聖誕節左右，但商場的人也不是很多。我買了一件玩具要給小外孫，然後到處去走走；看看時間，離朋友要接我們的時間也差不多了，於是，我們又走到烏節路去坐電車。到了該下車的站，我們上了電動扶梯，上面是一家大商場，四、五個出口，竟不知該從哪兒出去。外子問我前天是從哪兒出去的，我也搞不清，因為上一次是夜晚，商店都關門了，好像就只有兩個出口可通行。我們隨便選了個出口，就往外竄。我想到了外面再去觀察四周，看看應該走哪個方向。

　　我尋找著一座教堂，一座天主教堂。在商場外面繞了一圈，看到了教堂的尖端就在不遠處，於是我們就朝那個方向走。

　　走了一大段路，終於走到了一座教堂的前面；可是我們住的酒店卻不在附近。仔細看看那座教堂，咦，它並不是一座天主教堂，而是一家餐館。天啊！這可是誤導啊！於是，我們只好問過

路人。原來我們住的酒店還要往下走。據說，它以前確實是一家天主教堂，但不知後來為什麼竟成了餐館。

　　到了酒店，才發現我所看到的教堂並沒有那座「餐廳教堂」那麼宏大。

　　天下的教堂何其多，宗教也不勝數，但，天堂之路只有一條，我們可要謹慎選擇。不要認錯了教堂，走錯了路。

# 呆坐芒街
## ——越南遊之一

　　十月初未能陪外子參加在越南舉行的東南亞詩人筆會，感到非常懊惱。心中總是為了放不下工作而失去了陪他遠遊的機會，也因著工作以及其他的壓力，引來了胃痛、心悸跳、高血壓、失眠等等的疾病。

　　好不容易，十一月放了幾天假，我二話不說就隨外子參加在南寧舉行的第十五屆世界華文文學研討會。會後還有幾路的觀摩線讓與會者自由選擇參加。我們選擇了到北越的下龍江去。聽說那邊的山水景色不亞於我國的桂林。

　　研討會閉幕的第二天早上，我們七點半鐘就啟程往北越走。這一走要走八個小時才能到達越北芒街的下龍灣。外子一直擔心脊椎有毛病的我會支撐不住，可我倒覺得滿好的。

　　五個小時後，我們到達東興市。我們將在此休息、用膳，然後辦簽證進北越。導遊在車上早已把我們的護照、照片收齊，交給負責人辦手續去。吃過飯，大家就前往東興出境處，在那裡坐著等辦出境手續。等了一段時間，拿到護照，排隊要過關。本來，負責人報告持外國護照者要排哪一行，持中國護照的又要排哪一行；後來，又把兩行合起來，搞得我們莫名其妙。我們這一團，好幾位都是來自外國的，看到這種場面，都搖頭嘆氣。過了移民局，還要在越南入境處等，這一等等了一個鐘頭才踏入越南芒街市。

　　全陪帶我們走到芒街市的一家商店。她一直告訴我們說這家商店的東西很便宜，我們可以放心買，買完了，他們還會幫我們打包送到中國。踏進那家商店，小小的，東西也不大吸引我。我退了出來，坐在椅子上等其他的人。一個鐘頭過去了，我們還在那家商店。那天天氣很熱，商店外面有越女擔著擔子賣柚子和黃瓜。以前參加過旅遊團，通常都會分發水給我們喝；可這次卻沒有。因此很多文人到街上去買黃瓜和柚子解渴。整條路上，就只有這家商店。按國旅旅程說明，我們是要逛芒街。大家腦子裡想，應該是個大商場或超市，原來不是那麼一回事。大家等得不耐煩了。一問，才知道是等越北的旅遊車。結果，我們在那小小的芒街商店待了兩個鐘頭左右！

　　旅遊車來了，把所有行李裝好，就要開始那顛簸的旅途。這一程，可能是累了，我一直打盹。地陪為我們唱唱歌，介紹越南的風俗等等，然後他說，下龍灣是一個很美麗的景點，許多旅客來，他都建議不要只坐遊艇繞一下就算了，他希望我們能下船多走幾個景點，才不枉此行。他說要多看景點，每人只需多花兩百塊人民幣。於是大家就議論紛紛了。有人想去，但兩百塊似乎貴了一點。有的不想去，那他們要做什麼呢？有人向地陪講價，他說少五十塊也可以。最後，我們還是等晚飯時徵求一下大家的意見。那天的晚飯是北京時間十點鐘。

　　那天晚上，我們九點多鐘才下榻下龍灣的太平洋賓館。拿了行李和房卡，我們找不到電梯。問服務員電梯在哪兒？

　　她說：「這裡沒電梯。」

　　我的上帝，二十公斤的行李，要我們爬上四樓，這可是天大的玩笑啊！

# 下龍灣船上食魚
## ——越南遊之二

　　在北越的第一個清早，是一個晴朗的天空，往窗外一看，對面像是個住宅區，幾座平房，一大片的草地，沒見一個人影。再往遠處看，是一望無際的大海，那天，無風也無浪，幾條小漁船在海面上蕩漾著。

　　今天我們的目的地是下龍灣。

　　吃過早餐，把行李從四樓慢慢拖拉下來，再送進小巴的行李倉，預備前往下龍灣。

　　小巴順著賓館的斜坡慢慢往下開，要拐進大街時，我注意到剛才在賓館窗口看到的那個住宅區，原來是皇家公園，裡面有民族舞蹈館，也有水木偶表演館。我這才記起旅程表上有安排昨天晚上讓我們自費去觀賞「越南民族舞蹈」和「水木偶表演」；結果由於辦出入境手續耽擱了一段時間，又在芒街呆坐了兩個鐘頭，到越南的旅途中塞車，本來三個小時的旅程已變成五個小時了。到下龍灣的太平洋賓館已經曲終人散。

　　下龍灣於1994年被聯合國教育科學及文化組織（UNESCO）列入世界遺產之一。下龍灣有1600多個島嶼和小島，這些島嶼和小島構成了一幅石灰石柱形的瑰麗景觀。我們泛舟欣賞下龍灣的秀麗景色，也下船去觀賞石洞。外子一直稱讚下龍灣景色比中國桂林更為壯觀，原因是它矗立在海中。

　　泛舟遊下龍灣除了欣賞島上清澈的海水和秀麗的景色，還不時有載滿水果的船販來招攬遊客購買。船夫把船靠近一艘漁船，讓我們下去挑活海鮮來吃。外子和我，還有新加坡名學者黃孟文夫婦也隨大伙過去看看。我們都喜歡吃魚，挑了一條石斑，稱了一下，兩公斤，我們四個人怎麼吃得完？我們想多找幾個人來一起享用。這時站在我們旁邊一位作家的太太說她和她的丈夫可以和我們分擔。我和魚飯討價還價，講好高達四百元人民幣（人民幣北越通用）的價錢，我再問那位太太是否真的要與我們合夥，她說要。於是魚販把魚殺了，讓我們帶回船給船上的廚師煮，煮魚另收六十元人民幣。

　　要付錢的時候，那位太太不見了。我到上艙去找她，她說：「對不起，我先生不喜歡吃魚。我們不跟你們一道吃了。」

　　我回下艙轉達了她的話給黃孟文夫婦，黃太太睜大眼看著我，黃先生直搖頭，外子當然也很不高興。找不到別人與我們享用，那我們四個人就慢慢享受了。

　　我們是一魚兩食，魚身清蒸，魚頭魚尾煮湯。魚身送來了，湯卻久久不來，催了好幾次，總算把湯叫來了；可仔細一看，魚頭在哪裡？我只看到魚鰓，其他部份跑哪裡去了？

　　這可是非常昂貴的一頓魚餐喔！

# 遊胡志明故居
## ——越南遊之三

　　遊罷下龍灣，我們的下一站是河內。車子在公路上慢慢走著。我在菲律賓開車的時候，孩子們常說我開車很慢，沒辦法，我開快了會緊張；因此，我若說小巴開得慢，那是相當的慢了。同行的人曾向導遊要求要到商場去逛逛，導遊答應了，他說，我們到河內的時候，下榻的賓館附近就有商場。

　　車子走了好幾個小時，到達河內的賓館，已經近黃昏。賓館是在一條大街的小巷內，我們把行李帶到房間裡，休息了一會兒，便到外面去走走。走了一段路，沒找到較像樣的商場，都是些小店舖，賣的也不是遊客們想買的東西，於是我們又走回頭路，回賓館休息去了。

　　是看我們旅途奔波，風塵滿身吧！在河內要參觀胡志明故居與博物館的那天竟是個雨天！

　　我這次出門，因為想起是要到越南，天氣一定比菲律賓熱，就把風衣留在家裡，沒想到竟遇到越南在下雨；世界上沒想到的事實在太多了，事情發生時，有時會弄得我不知該如何應變；還好，我有位創造宇宙的上帝，祂會及時給予幫助。話說回來，外子倒是帶了傘和雨衣，沒傘的人就向路邊的小販買。

　　胡志明故居位於巴亭廣場旁的主席府內。主席府是一棟法國式的建築物，頗豪華，是胡志明用來舉行會議和接見來賓用的。

由於下雨，我們只站在外面看。那天雨很大，本以為兩人共遮一把傘應該沒問題，但雨越下越大，我只好到廣場的小店舖去買把傘，繼續前往參觀故居。

本以為故居會比主席府壯麗，沒想到故居是在花園中的一座黃色小瓦房，透過玻璃可看到裡面簡單的裝潢傢俱。故居旁有個湖，湖內養有金魚，據說胡志明休息時，常到這裡來餵魚。湖邊種有各種樹木花卉，給人一種優雅恬靜的感覺。在那些樹木中，我發現有一種我從未見過的樹，它的根部一直往上長，乍然一看就像是一個個雕像。後來才知道那是罕見的菩薩樹。

沿湖邊一直走，有一間兩層樓的高腳木屋，這是胡志明晚年居住和工作的地方，裡面陳設儉樸，讓人看出主人一生清廉的生活。

在雨中看完故居，我們便去參觀胡志明博物館。胡志明博物館是為紀年胡志明百年誕辰而建的。它裡面分為兩部，「過去」和「未來」。裡面的展示非常現代化，標示也非常清楚。若想細細觀賞，就須在那裡待上一天。

從博物館出來，我們又要回下龍灣。有人又提議要到商場去購物，導遊說可以，但是車子不能停在廣場那邊，我們要走大概二十多分鐘的路才能到商場，大家都說沒問題。

小巴走了不久就讓我們下車步行。下了車，走不到五分鐘，雨傾盆而下，我們冒著大雨前行，街道旁漲水了，外子、我、還有兩個朋友躊躇著不知該如何過大馬路，過了馬路，長褲、衣服都濕了，前面的人也不知去向，我們只好在一座辦公樓的通道中避雨。還不到半小時，十字路口的水已經過膝蓋，幸虧越南的街道不像馬尼拉那麼髒，不然我們可能會患鼠疫或其他傳染病。

　　不久，導遊總算把所有的人都集中起來了；然後他聯絡上司機，要他把車開過來接我們。

　　原來車可以開到這裡，當初為什麼要我們走那麼一大段的路呢？

# 水木偶
## ——越南遊之四

淋得滿身濕漉漉的，又沒見到越南的超市或商場，大家滿懷不高興地上了大巴，回下龍灣過夜，明天，我們就要回中國了。

雨越下越大，越南塞車的程度不比馬尼拉差。走了一個多鐘頭，我們還走不出那條大街。天氣冷，好多人都想方便一下，但是，大路中，那兒來的公共衛生間？大巴以烏龜的步伐緩緩地往前行，忽然聽導遊問：

「有誰想上洗手間的？」

當然舉手的人有好幾位，導遊說他跟一家小食店的老闆商量過，讓遊客們用一下洗手間，他答應了，但每位收費人民幣兩塊錢。在走頭無路的情況下，誰會去計較那兩塊錢？於是有好幾人下車去了。

幾位比較晚下去的人回車上時說，老闆娘生氣了，說擋了他們的路，後來導遊塞了幾塊錢給她，她才息怒。這幾個人後來在猜想，用個洗手間，一人兩塊錢，有什麼不好的？很有可能，導遊不是給她兩塊錢，所以老闆娘生氣了，他後來才會多塞幾塊錢給她。

在中國旅遊區，洗手間收費最多是兩毛錢罷了。兩塊錢用一次洗手間，太貴了！

　　抵達下龍灣之前，我向導遊要求，回太平洋賓館的時候，請
安排一樓的房間給我們這些年紀比較大的遊客，因為沒有電梯，
我們實在沒辦法把行李搬上三、四樓。

　　到達太平洋賓館，雨已經停了。我們被安排在一樓的房間。
休息了一會，吃了晚飯，我們就匆匆趕到對面的皇家公園去欣賞
越南民族舞蹈和水木偶表演。

　　越南的民族舞蹈和菲律賓的民族舞蹈大同小異。大約半個多
小時，表演就結束，外子牽著我的手，隨著人群往外走，急著要
去看越南著名的水木偶。木偶是什麼，我們大家都知道，但是，
水木偶呢？

　　水木偶是越南國寶級的傳統表演藝術。據說最早是從中國傳來的偶戲，原本是為皇帝祝壽表演的，因為越南大部分是水田，所以才在水中表演。我們走進表演場地，眼前是一排排的石階，那就是我們的座位，上有屋頂，四面通風，我們選了一個近舞台的地方坐下。我們的前面是一個水池，水池的後半部是一座好像竹子搭成的建築物，一般稱為水亭。有竹簾從水亭的屋簷垂下來，操縱木偶的人就在竹簾的後面。他們通過連接在木偶身上的竹竿動作。水亭旁邊是他們伴奏的樂隊。鑼鼓音樂響起，木偶就從竹簾後面走出來。由於沒有節目單，我們又不熟悉當地的民間故事，所以對他們所演出的故事也不太了解。好像是一戶養鴨人家的故事。木偶有夫妻一對，有小孩，然後有一隻隻的鴨子在水中自由自在地游著，生動有趣。

　　在觀賞表演的時候，我一直以為那些藝人是坐在竹簾後的亭子裡操縱，直到表演後謝幕時，才知道他們都穿著防水衣，站在水裡用長竹竿控制著木偶的一舉一動。那可不容易啊！

# 服務態度
## ──越南遊之五

　　欣賞了越南的水木偶，因為時間還早，有的朋友到附近的小商場買東西去了。原來太平洋賓館附近有小商場，導遊卻一直沒告訴大家。我們幾個沒購買慾的就沿著斜坡走回賓館。

　　第二天吃完早飯就踏上回中國的歸途。我坐在靠窗的位子，欣賞著窗外的風景。車子走出了市區，可以看到下龍灣秀美的景色。這個有海上桂林之稱的下龍灣，峰巒重重疊疊，矗立在海中。看到那從窗外掠過的美景，心想，那天乘船遊下龍灣時，要是旅遊社有妥善的安排，我們將會看到更美麗的景色。出國旅遊，旅遊社的安排是非常重要的，不然就浪費了時間與金錢。

　　下龍灣還有個傳說：那是很久以前，越南抵抗中國入侵，神就派遣龍的家族來幫助守衛當地，所以那個地方就叫下龍灣。龍的家族守衛下龍灣的時候，吐出寶石和翡翠，散佈在海灣中的小島，互相連接成一道屏障，使敵人無法侵入，保衛了這片土地，就是現在的越南。

＊　　　　＊　　　　＊

　　我們一路上平平順順地到達芒街，這一路到芒街也停了好幾次讓我們買東西。我們到達芒街已經過了午餐的時間。過芒街回

南寧這段路花了整個下午的時間。本以為天黑之前可到達,司機好像迷了路,我們到賓館時天已經黑了。

在路上,由於好多人是要乘飛機回去的,所以我們就和全陪討論明天送機場的事。我和外子是早上八點半的航班,照理是七點要到機場,同行的也有九點、十點半、十一點的航班,討論之後決定:乘坐八點半、九點航班的人,旅行社六點半有車接送到機場,乘十點半、十一點航班的人,旅行社的車送完早班飛機的乘客回來,剛好接送他們到機場。事情就這樣說定了。

我們一大早吃了早餐,趕在六點半之前辦理退房手續;到了大廳,要送我們到機場的人還沒來,後來聽說是七點鐘才要送我們到機場;而且是和十點半班機的人一起走。聽朋友這麼說,一向守時的外子可火了,立刻打電話跟導遊聯絡,對方說七點鐘還來得及,外子跟她談了好久,總算把車子叫來了;但是人還沒到齊,要旅行社的人按照昨晚的計劃先送我們到機場,他們不答應遵守昨夜的約定跑兩趟,結果我們倆自己「打的」到機場。

北越之遊在此算告一段落,雖有不愉快的事發生,但畢竟也欣賞到了世界遺產之一的下龍灣、看到了水木偶表演,也算是一場美好的收獲了。

# 龍舟賽

　　在海外走過了半個多世紀，慶祝了幾個春節、元宵及中秋，過了幾個清明節，卻從來沒度過端午節，看過划龍舟。

　　小時候，老師給我們講屈原的故事，還教我們唸一首划龍舟的歌兒，只知道端午節跟屈原有關，至於划龍舟是怎麼一回事，我們卻只能在故事書和圖畫中去體味了。

　　最近集美大學舉辦詩歌研討會、福建詩歌龍舟獎、詩歌朗誦晚會，及海峽兩岸龍舟賽，詩歌龍舟獎邀請了老伴去當頒獎禮的頒獎貴賓，我也隨著老伴一起去，同時也趁機辦些私事。

到集美的時候，我們直接去參加詩歌研討會，晚上又參加十二位大學生的才藝比賽及頒獎禮。每位參賽者的表演都很突出，其中幾位的朗誦，無論是音調、表情、咬字都表現得很好，獲得了觀眾們熱烈的掌聲。參賽第二天早上在賓館的食堂用餐時，從窗口望出去，竟然是一座教堂，十字架下面直寫著神愛世人，然後在大門上面橫寫著集美福音堂。我很想去參加他們的崇拜會，但由於時間的關係，我沒去，只在外面拍張照片；拍照不是要證明我去崇拜，而是想留個記念。以前到鼓浪嶼，看到福音堂，我和女兒也在那裡拍了照。到中國旅遊，每次看到教堂，我通常都會拍張照片做個記念。崇拜只是想和其他教友一起頌揚、敬拜神，崇拜儀式並不重要，最重要的還是那份敬畏神的心。我總覺得，做任何事，心是最重要的。

八點多鐘，我們趕到龍舟池去觀看划龍舟比賽。比賽九點鐘開始，我們到達的時候，兩岸已經好多人在等候，我們拿好照相機準備拍照。不久，十幾個穿著顏色鮮豔背心的舵手，赤裸著臂膀，划著狹長的龍舟來到了集合處。一條條的龍舟按著號碼排好，舵手們撐著槳，等候號令預備前進。

從擴音器傳出的號令一下，舵手們在緊湊的鑼鼓聲中，揮動著木槳，舟邊濺起陣陣的浪花，龍舟如脫了弦的箭往前飛，兩岸觀看的人群歡呼聲此起彼落，整個龍舟池充滿了歡笑的聲音。這真是一個歡樂的節日。

看到舵手們那麼合作，那麼同心地划著龍舟，使我領悟到我們無論做任何事，都要同心。夫妻同心撐家，才能有個幸福的家庭；公司上下人員同心工作才能幹出一番好事業。心，真的很重要。

# 第四輯

自窗玻璃折射過來,印在案上一張白紙的
淡淡的七種顏色,它不鮮豔奪目,卻柔和可愛。

在我這平淡的生活中或許正隱藏著一抹抹
淡淡的、柔柔的顏色,而自己卻未曾發現它,
也未曾珍惜它。

# 嫩情

那是很久很久以前的事了，現在想起來，覺得非常好笑，怎麼一個未滿十歲的小女孩，竟會被情所傷？

小時候，由於年齡上的差距，哥哥姐姐結伴上中學時，我還不能踏進幼稚園的門檻，因此，我只能拉著媽媽的裙子，站在門口向兄姐揮手說再見。那個年代，沒有保姆可照顧我，也沒有電視機可幫我打發時間，所以哥哥姐姐上學後，我只能跟著媽媽轉來轉去，媽媽嫌我礙手礙腳時，便把我抱上窗台，讓我坐在那兒，欣賞窗外的世界。

窗外有什麼好看呢？窗外有穿著花花綠綠、熙熙攘攘的行人，對面是幾家家具店，店員拿著雞毛撣子在那左一下、右一下地掃著。人行道旁，有兩三個人蹲在那兒下棋。再過去是幾家餐館，那是我最愛的地方。哥哥姐姐到學校時，伯父會帶我到那邊吃早點或點心。

窗外還有什麼好看的呢？居住在鬧市，聽不到鳥聲，看不到白雲，看到的是幾個和我差不多大小的孩子，他們在人行道上玩捉迷藏，玩「官兵捉強盜」，有時候玩得興高采烈時，突然有人大聲吆喝要他們避到一邊去，原來是工人要搬運家具。卡車走後，他們又在那裡追逐嬉笑。

窗外似乎沒有什麼好看的了，但我小時候一大段的時間就這麼度過。那裝上鐵欄的小窗，是我童年的「彩色電視機」。午睡

醒來，媽媽坐在窗旁的縫紉機咯吱咯吱地縫著，我便爬上窗台，幾片麵包，一杯熱牛奶，幾塊餅乾，一碗湯，我可以一邊吃，一邊看「電視……」。

傍晚，哥哥姐姐回來之後，對面程哥哥卻要上學去了。我常看到他挾著書本，坐在店門口的沙發上穿鞋子，繫鞋帶，繫好鞋帶，他會站到旁邊的梳妝台前，從後面的褲袋裡抽出一把梳子，站在我的窗口下向我揮手說：

「小妹，吃了沒有？」

我伸出小手，讓他看手中的食物。

「乖乖吃，快快長大，嫁給我。」

那時候，也不知道他講的是什麼，印象中，嫁給他似乎是跟他好的意思，於是我便笑嘻嘻地向他點頭。然後他會唱：

　　假如你要嫁人，不要嫁給別人，

　　一定要你嫁給我，

　　帶著百萬錢財，領著你的妹妹，

　　跟著我馬車來……

他吹著口哨，回轉身，隨著人群走開了。

　　　　＊　　　　　　＊　　　　　　＊

在我唸完幼稚園時，爸爸在市郊找到了一座房子，我們全家便搬進了新房子。新居有一個小庭院，沒上課的時候，我可以在庭院裡跑跳。偶爾，會懷念坐在窗台上的那段日子，也會想起傍晚在窗口下為我唱歌的程哥哥。

　　過了一大段日子，有一天放學回來，從客廳裡傳來熟悉的聲音，我躡著腳步走到客廳旁，剛探進頭，便聽到呼叫我的聲音：

　　「小妹，放學了？」

　　「程哥哥。」我羞怯地叫著。

　　「喲，長大了，害羞了。」

　　我不好意思地低下頭，跑進自己的房間。

　　程哥哥走後，媽媽告訴我：

　　「你程哥哥再過幾天就要結婚了，新娘子是……」

　　我沒聽媽媽說完便跑到院子裡，蹲在院角處，很傷心地哭了！

　　程哥哥的婚禮，我忘了我有沒有參加。

　　那之後，我再也沒見到程哥哥。隨著歲月的流逝，程哥哥的影子已漸模糊，然而每次聽到《馬車夫之戀》的歌聲時，我便會想起坐在窗台上的那段日子，還有蹲在院角處哭泣的那一時刻，那時候的我，是多傻多可愛又多好笑呵！

# 童年的搖籃

　　有那麼一段日子，我似乎忘記了好多的事情，但春末暖風吹起時，我又記起了好多童年的瑣事。

　　忘了是多少年前了，只記得家就在華人區一間家具店的二樓。早晨，看見母親為我煎好的荷包蛋，我便皺起眉，嘰著嘴不肯吃早餐，母親怎樣的誘勸，才勉強地咽下幾口。這時候，我最渴望伯父會上樓來，因為他每次看見我嘰著嘴不吃早點，伯父便會牽著我到鄰街的餐館去，在那裡我們伯姪倆高興地吃著油條和各式的稀飯。記憶裡，家的附近有那麼多點不完、吃不膩的東西。

　　黃昏，人行道上排了幾張凳子，鄰家伯伯、叔叔、還有穿著黑綢長褲的阿姆們，他們坐在那裡，一邊打扇，一邊聊天。媽媽從不加入聊天的陣容，但我卻跟鄰家哥哥、姐姐在人行道上，在成年人中間穿梭嬉笑，笑聲在人行道上迴蕩不息。

　　父親得閒的時候，總會帶我們去看電影。幼小的心靈，就在那裡被刻上三從四德、忠孝仁義的形象。

　　自電影院步行回家的途中，我拉著姐姐的裙子，口裡哼著唱片店裡傳出來的流行歌曲、黃梅小調，眼睛看著這邊閃閃發光的金項鍊，望著那邊可口的水果、糕餅。由於忙著東顧西看，我常常因而被絆倒，也常招來姐姐的打罵，因為在我絆倒的那時刻，姐姐的裙子就被我拉歪了。

　　我就在充滿親切鄉音的搖籃中長大，雖然沒有寬大的草地，沒有清新的空氣，但記憶中，總比在陌生的環境中，關在自家花園裡，傾聽鄰家傳來迪斯可噪音的日子幸福得多。所以，現在我一有空，便帶著三個孩子到華人區逛逛，想讓他們聽聽親切的鄉音，看看一部有意義的華文電影。舉目看看電影廣告，孩子還沒到那種看詩情蜜意的愛情故事的年齡，又不讓孩子看廝殺的殘忍片，有教育意義、有歷史性的古裝片，似乎失蹤了，結果只能讓他們品嚐一些家鄉食品。

　　回家的途中，孩子們都會問：「媽，我們到『青山』去玩不是更好嗎？」或是說：「華人區為什麼這麼髒，這麼擠？」也會說：「華人區的街道為什麼那麼破？」孩子的問題，都會使我的心一陣絞痛。是的，華人區，我童年的搖籃，怎麼變成又破又髒又臭的地方呢？華人區，我好希望大家會好好地愛惜你，讓你再度成為一個美麗的搖籃。

# 童年的冰棒

　　這幾天不必教書了，但卻是老師們最忙碌的時候；改考卷、
總結分數，填表格等等……畢業班的老師還要和同學們練習畢業
典禮的各種節目……

　　那天下午和同學們練習完，從大禮堂走回教員室，不到五分
鐘的路程，卻被颱風前的炎陽曬得滿身是汗。爬上樓梯，還沒到
二樓，只見一位同事右手拿著冰棒在吃，左手還拿著尚未開封的
冰棒。我一看見就大聲說：「好爽啊，你有冰棒可吃！」

　　她伸出左手對我說：「這個給你。」我樂得趕緊向前接，一
邊打開紙一邊問：「哪來的？」

　　她說是學生給主任，主任不吃，就給了我們。我不客氣大口
大口地吃了。我們的主任就是這麼慷慨，有什麼東西，都會想到
要與我們分享。

　　大熱天，吃冰棒。那真是一種享受；只是第二天，我突然覺
得喉嚨癢癢的，不好了。剛被醫好的傷風感冒好像又要捲土重來
了！這不由讓我想起小時候吃冰棒的事。

　　我自小就體弱多病，記憶中，我幾乎每個月都會生病，因此
媽媽總會限制我這樣不能吃，那樣不能喝。一點點冰淇淋，就會
引來扁桃腺炎，所以人家吃冰棒，吃冰淇淋，我只能睜著眼看。
有時候會很天真地問：「為什麼沒有熱的冰淇淋？」然後就會引
來大人們的一陣哄笑。

　　上小學的時候，媽媽每天會給我帶兩毛錢，說是讓我買點心用的。那個年代，兩毛錢可以買汽水，還能買一小包餅乾；有時候也買爆米花或糖果。

　　記得有一次放學後，和朋友一起走在歸家的路上，路邊有好多小販，其中也有推著車在賣冰淇淋的。朋友停下來買冰棒，問我要不要，我摸摸裙袋裡的一毛錢，看著朋友吃冰棒，口水就像要滴下似的，於是，我也買了一條冰棒。我們倆停下來，靠在路旁的車吃著冰棒。冰棒都還沒吃到一半，有個人走了過來，他當時雖然高了我兩呎，卻能一眼就看到在吃冰棒的我。他走到我面前，我抬起頭來，口裡叫著：「哥。」手裡的冰棒已掉在地上。哥什麼話也沒說，牽著我的手就走。那時候，我的心跳是多麼的不平衡。

　　一進家門，哥就把看到的事告訴媽，還對媽說我是躲在人家的車廂旁偷吃的。當然我不但挨罵，還挨打；還好我沒病倒。那時候我真的很生氣哥哥；年紀大了，終於明白和我一樣經常患扁桃腺炎的哥哥是為了愛我才向媽告狀的。

　　如今不再患扁桃腺炎，但也聽不見九十多高齡的媽媽責罵我，更聽不到在遙遠的他鄉，得了老年癡呆症的哥哥向媽媽告狀的聲音了……

# 回家過聖誕

　　老大知道我喜歡聽白潘（Pat Boone）唱的歌；颱風放假的那幾天，他搬出了白潘的聖誕歌集出來播放給我聽。每次聽到白潘唱的聖詩或聖誕歌，我感到好平靜。那天聽到他唱的《我將回家過聖誕》時，心中卻好難受。

　　我會喜歡聽白潘的歌是受大哥的影響。唸中學時，白潘是我們的偶像，我喜歡聽他唱《四月之戀》，大哥也喜歡聽白潘的歌，因此他就買了白潘的唱片給我。聖誕節，在美軍基地任職的大哥會回來過聖誕，帶來好多我喜愛的巧克力糖果。聖誕樹下，我們聽聖誕歌。那是一段難忘的日子。

　　大哥出國後，很少再回來。我總是盼望著能再次和他一起過聖誕，一起聽白潘的歌。最後一次和大哥過聖誕、新年已經是二十多年前的事了。九十七年到美國去的時候，和大哥相處了幾天，那之後，就沒機會再相聚。心想，大哥退休之後，一定會回菲律賓來，可是，他卻忙著搬家。暑假，女兒到美國渡假，打了越洋電話回來告訴我大哥得了老人癡呆症。女兒說：「舅舅有時候連表哥都不認得，一直和他講閩南話。好久好久才領悟到那是他的兒子。」我聽了好心痛！真的好心痛！後來在美國渡假的姐姐也帶給我同樣的消息。我建議讓大哥、大嫂回來，因為這裡有一個他熟悉的環境，有他熟悉的鄉音；然而姐姐卻告訴我大哥已不適宜遠行。這是什麼意思？

大哥不能回來與我們過聖誕？

或許這就是人生。有一些願望，有一些承諾，總無法如願，無法實現。佳星同工的《惜緣》一文中有這麼一段話：

> ……人來到這個世界上，來去匆匆，誰也不知道誰明天會怎麼樣。有的人為了個人利益，不惜出賣朋友，同親戚反目為仇；……有沒有想過，即使你爭得了整個世界，最終還是以死亡告終。我們生活在這個地球上，大家相識就是緣的開始，請珍惜每一個與你有緣的人。

在這歡樂的聖誕節講這種話，似乎很不適合；但這是事實。好多時候我們為了名利，為了地位，為了財產，不惜用任何手段來爭取，以致跟朋友、親人、兄弟翻臉，這又何必？用不正當的手段奪取，還留下個臭名，值得嗎？

聖誕是愛的季節，多些時間去愛你的朋友、親人、兄弟，留下一些美好的回憶，不是很好嗎？

聖誕也是個盼望的季節。小孩子們盼望聖誕老人送他禮物，基督教徒盼望耶穌的愛能充滿每個人的心，盼望基督的道理能喚醒沉迷在罪惡中的人，讓他們不再作惡，讓百姓有好日子過！

聽白潘在唱：

I'll be home for Christmas,
You can plan on me.
Please have snow and mistletoe
And presents for the tree.

Christmas Eve will find me
Where the love light leads.
I'll be home for Christmas, oh yes
If only in my dreams.

沒有雪花、沒有槲果；但我有夢，我有希望。我希望大哥有個健康的身體，讓他回來看看年邁的母親。讓我們一起聽聽白潘的歌曲。

# 那專注的眼神

那天，他穿著一件「描龍大家樂」，一條深褐色的長褲，患了灰指甲的雙腳，穿著一雙拖鞋。為了這樣的穿著，他曾經告訴我他不來參加女兒的訂婚典禮，我跟他撒撒嬌，他終於來了。從踏進門的那時刻，他笑臉逐開地坐在後院的椅子上，我好久沒看到他那麼開心，他坐在那裡，那麼專注地看著那對要訂婚的青年人，那專注的眼神裡包含了多少的愛與多少的關心。

五個月後的一個晚上，他躺在病床上，或許是藥物的副作用，那天他講了一天的話，侍候他的人都沒辦法休息。我握著他冰冷的手，輕輕地唱《至好朋友是耶穌》給他聽，他不是教徒，但是那天晚上，當他聽到我的歌聲時，他竟安靜下來，眼睛那麼專注地望著我，什麼話也沒說，只是靜靜地聽我唱詩，也聽我背誦《耶和華是我的牧者》，那專注的眼神裡有欣賞，有鼓勵，有愛也有關心。那是我一生都忘不了的眼神！假如我能知道那是我侍候他的最後一個夜晚，我願為他唱一輩子的詩歌，唸一輩子的詩篇。

爸爸，我忘不了您那專注的眼神！

# 爸爸！

## ——為爸爸大祥紀念而作　丙子年三月二十一日

爸爸，每次踏進咱家門，總是期望能在辦公桌前，看到您手裡拿著筆，坐在那裡設計房子的藍圖，或是一邊看報，一邊聽音樂；直到母親駝著背從裡面走出來為我打開門時，我才記起您已經離開我們到那永恒的世界去了。

爸爸，您一生勞碌，在世的這最後幾十年也不曾好好享受過。這兩年來，每次去找媽媽，她總是一次又一次地向我們說，您年輕時，家境是多麼困苦，兩件像樣的衣裳在替換，穿的鞋子、襪子，常常是沒有鞋底，因此腳底常被未熄的香煙頭燙傷了，但您從不曾發過一句怨言。

是的，爸爸，我從來不曾聽見您發怨言，即使是在病床上，您也不曾埋怨過。靜脈、動脈抽血，您脈絡低沉，護士手裡的針，一次又一次地在您手臂上刺下去，我站在旁邊看得手腳都發軟，問您疼不疼，您眉頭也沒皺一下，向我搖搖頭說不疼。

十七歲隻身離家到菲律賓來，本是要投靠一位遠房親戚，誰知到鄉下找不到親人，只好自己想辦法謀生。

第一天下船，看到馬路上往來的車輛，您嚇得不敢過馬路，帶您來的朋友在您後面推了您一下，還罵您膽小。爸爸！我聽了淚水禁不住流下來。

當了人家的雇工，您什麼工都做：在棧房裡選牛皮，選貝殼；把海參拿去炎陽下曬，天下起雨來，您又急著要把它收起來。媽媽說，您每天總是早出晚歸。由於您的勤勞和可靠，因此深得老板的信任。

第二次世界大戰以後，老板要您再回去幫他的忙時，您已經有了自己小小的生意。

爸爸，您書唸得不多，卻聰穎能幹，生意蒸蒸日上。您有了自己的生意，也有了自己的家產，讓我們能過無憂無慮的生活；因為您的遠見，因而使母親現在不愁吃也不愁穿。爸爸，您在天之靈該能安息了吧！

爸爸，每次在工作上遇見煩惱或不如意的事時，我總會想起您！我常會埋怨當初為什麼不跟您好好學習做生意，為什麼不花點兒時間跟您學珠算，看到人家的手指頭在算盤上滴滴答答，口裡喃喃唸著一些數字，我總是好羨慕，好羨慕。

我也很悔恨自己沒耐心好好練習書法。記得小時候寫大楷，寫完一張，覺得不順眼，就把它撕了，另外拿紙來寫，每次被您看見，您總會責備我，說我太浪費。您要我先在報紙上練習，然後才寫在大楷紙上。您說：「我小時候哪有這種福氣，有那麼多紙可寫字。你祖母都是讓我在磚上、瓦上練習的。」

爸爸，我好懷念年輕的時候。黃昏，您帶我們到侖禮沓的草地上去玩；星期天早上，您和我們到海濱去遊泳；有嘉年華會的季節，您會帶我去嘉年華會玩。記得有一次，您帶真兒出去，一早出去，說是帶真兒去走走，誰知您們中午卻沒回來吃，打電話到朋友家，都說沒見到您們，害我們焦急萬分。黃昏將至，您們

爺孫倆才笑嘻嘻地踏進家門，原來您們早上出去，走到火車站要看火車，火車剛要開，您竟買了車票坐上車，到內湖去看風景。

我也忘不了晚上的宵夜，您常打電話到食館去要他們送食物來。我記得最常吃的是鹵麵和麵線糊，或許這就是我到如今還常常愛吃鹵麵的原因吧。但是，爸爸，我更懷念的是您煮的麵線糊。在家煮過好幾次，都比不上您的，後來我乾脆不煮了。前幾年，老大每星期天赴完崇拜會，總會跑到教堂附近的小食館去吃一碗「肉粳」，吃完後，還會告訴我：「媽，還是公公煮的好吃。」

有一天下午下班回來，他興高采烈地告訴我：「媽，我今天到××去吃五香卷和麵線糊，他們煮的味道跟公公煮的很相似。」

「傻孩子，」我說，「那是公公教他們的。」

「哦？怎麼會呢？」

「公公未退休以前，常常在那一帶吃點心，他們剛開張的那幾天，公公常到那兒去吃，覺得他們煮的味道好像少了點兒什麼，就把他的煮法教他們。」

「媽，你怎麼沒學到呢？」

是啊，我年輕時怎麼沒想到要學呢？什麼魚肉丸、香腸、五香卷……現在想起來才覺得自己真是笨，只曉得吃，不曉得做！

爸爸，您一生樂善好施。凡是有需要的朋友，您都樂於幫助他。不管是借錢、借車、借用具，甚至劇團演戲，或是學校表演時所需要的道具，您都樂於借給他們。因此，到現在欠您的債的還有其人。

您待人平等，您不重男輕女，也不扶富欺貧。街道上的清道夫、賣報童、收買破爛的，您都跟他打招呼。上個月，收買舊報紙的來我家，在整理報紙時，他說：「可惜，Lolo不在了，不然他也有好多舊報紙。你知道嗎，我也很想念他，他常到我們那邊兒，和我們聊天，有時候還和我們玩紙牌。」

您的內外孫、曾孫，您都一視同仁，即使是內、外孫媳婦，您也不偏袒。

爸爸，我愛您，我想念您，我也要求您原諒我們兄妹三人。

爸爸，原諒我們在醫院裡沒有把實情告訴您。

爸爸，您在世時，最怕的就是癌症。當醫生告訴我您已得了晚期的癌症時，我全身發抖，我號啕大哭，我不敢打電話到醫院告訴姐姐，我怕她承受不住。我只好找姐夫，他要我勇敢，不要亂了方寸，盡量想辦法醫治爸爸。爸爸，如今，這位要我勇敢面對現實的姐夫也離我們而去，您在天堂那永恒的樂土該已見到他了吧？我打長途電話給哥哥，他立刻整裝返回岷市。原諒我們瞞了您，因為我們不願您害怕。湯米要從美國回來，您不允許，您說：「又不是得了癌症，回來做什麼？」

當您在加護病房的最後一天，我在您耳邊說湯米明天中午抵岷市時，您的眼角有了淚水。爸爸，那時候，您一定知道您已得了癌症。但是，您竟不等您惟一的內孫的抵臨，就在勞動節那天，天剛要發亮時靜靜地走了。

得知您的癌症，為了要延續生意，有許多手續需要您簽名，把手續拿到醫院的那天，您剛好要接受手術，在那時刻要您簽那麼多張紙，爸爸，我心實在不忍！爸爸，您是個聰明人，或許那

時候您心裡已經有數了。每想起此事，我是何等的內疚！爸爸，
原諒我們的不孝！

　　每想起我未盡返哺之恩時，陳牧師會安慰我，說我已經把世
上最好的東西——主耶穌給了您。是的，爸爸，當您靜靜地聽我
默唸詩篇，一句一句地跟我一起禱告時，我心裡有很大的安慰。
是的，爸爸，主耶穌愛您，祂引導您平安地走完一生的道路。感
謝主！

　　爸爸，願您安息在主懷裡！

# 懷念先翁

歸家的路上，坐在前座的老三突然問我：「媽，人死後，他的靈魂會不會回到世上來？」

這是一個我無法回答的問題。有人說會，有人說不會。這裡的華人安葬了親人之後，死者的遺照通常要由兒孫背著，而且還要出聲請他一道回家。因此我想這裡的華人肯定是相信死者的靈魂是會回來的。我問老三為什麼會想起這種問題。他說幾天前，他的朋友丹業來我家過夜時，他們在後院練習武功，老三拿了公公生前用的木棍，要丹業教他棍術，丹業教了他幾次，他都練不好，丹業突然告訴他：「你公公站在那邊在笑你呢！」

我半信半疑，不知該說什麼，只告訴老三說：「會不會是丹業在作弄你？」接著我又問，「假如真的是公公，你怕不怕？」

「不怕。我為什麼怕公公呢？幾個月前，我還夢見公公在教我打拳，醒來後，我依著夢中的指示去練，然後又練給丹業看，問他對不對，他說對，還問是誰教我的。」

或者公公真的要教老三練拳。老大、老二小的時候，公公每天早上都在後院教他們練拳，可惜後來由於上學功課繁重，再加上他們倆對拳術沒多大興趣，就不練了。我相信，要是公公還健在，他一定會督促老三練拳。

公公離開我們整整一年。一年來，孩子們常常會念起公公。

　　公公在我心中是嚴父，也是慈母。孩子出生之後，夜裡哭了，公公會趕緊到房裡來，幫我哄孩子，抱孩子，讓我沖牛奶，甚至幫著餵牛奶，又叫我和外子去睡，免得第二天沒精神工作。

　　孩子或是我病了，他一定會急著叫我們去找醫生，回來後，還督促我們要按時吃藥，真是照顧得無微不至。

　　孩子到了兩歲左右，公公買了許多兒童故事書，要孩子坐在他膝上，或是桌子上，一本一本地講給孩子聽，所以老大到了三歲的時候，就能講《文彥博》、《司馬光》……故事給客人聽，如今他中國歷史知道得比我還多，這些都是公公的功勞。老二、老三聽的故事雖不及哥哥多，但是他們能講流利的中國話，熱愛中國，公公確實功不可沒，由此可知，要提高華文水準，家庭是最重要的因素。常常聽到有些家庭，不但父母跟孩子講英語、菲律賓語，連身為祖父母的，也跟孩子講英語、菲律賓語，如此一來，華人子弟怎能對華文有興趣呢！

　　公公疼愛孩子，卻不寵孩子。孩子做錯，我們責罵他，公公絕不會袒護孩子，他一定站在我們這一邊，幫我們教導孩子，所以孩子們都很敬愛他。為了鼓勵孩子讀書，孩子每次考一百分，公公就賞他一元的銅幣，至今，女兒還收藏了幾十個銅幣，不肯拿到銀行去換新幣，因為那是公公給她的。

　　公公待人誠懇，做事認真負責。在商業上，他曾經提拔過好多年輕人，沒想到後來卻有人由於公公對他的信任而背叛了他。我想，這可能是使公公晚年心灰意冷的原因之一。

　　《商報》復刊，公公能再次擔任《新潮》文藝版的編輯，使他的晚年過得充實點。每天，當家人都上了班，他練完了拳就坐下來看書報，剪稿子，編副刊。那時候，他常是拿著放大鏡，

一字一字仔細地讀。一個雙眼近乎失明的老人，花那麼多心血來編，那可不是簡單的事。可惜有人還嘲笑他是「剪刀編輯」。當時若是有人知道他的處境，我想就不會說他只會剪而不會寫。

　　提起公公那雙眼睛，我們都要責怪那位沒有道德的眼科醫生，白內障手術不但沒挽回公公的視覺，還差點讓他雙眼失明。我們每次批評那位醫生時，公公總會說：「是我命不好，不要責怪人家。」

　　如今，公公在主懷安息已整整一年，但他留給我們的榜樣與教誨，我們將永記不忘。

# 我的兒子哭了

十月十七日夜九時，我的十三歲的兒子躲進房間裡哭了，好傷心地哭了。

我的兒子哭了，不是因雙親的責罵而哭；不是為考試不及格而哭；而是因為中國在亞青籃賽輸了而哭。我很想刮他一個耳光。十三歲的男孩子，眼淚怎能隨便流？但，我舉起的右手，竟停在空中許久許久，終於又輕輕地放下，因為，我突然也有一種想哭的衝動，我退出了孩子的臥室，讓他盡情地哭！

十三歲，他竟然懂得為中國籃球隊的勝負，而付出這麼真摯的感情，那是我料想不到的事。記憶中，當我十三歲時，我似乎不曾為祖國付出一份感情。十三歲，我似乎分不清何謂祖國，何謂異邦。而我的兒子，在這華文教育被忽視的環境中，在這西化的漩渦中，他竟然未被捲入，那是多麼不易的事啊！

孩子，哭吧！你是有理由嚎哭的。

孩子，當你哭盡眼淚時，請擦乾你臉上的淚痕，抬起頭來，迎接一個新的黎明。

孩子，我不會責備你，今夜，我因你的淚而自豪，為你體內所流的血而驕傲！明天，當人們還在議論菲中籃賽的勝負時，我可以很自豪地告訴他們，我有一個土生土長，但卻懂得為祖國流淚的兒子！

# 淡淡的色彩

　　清晨的冷風把我從掉進大海的噩夢中叫醒，看看時鐘，才四點多鐘，想回夢鄉又無捷徑，只好披上衣服，到後園走走，徐徐拂來的涼風告訴我，一年又靠近尾聲，此刻，我猛地記起我們彼此竟沉默了這麼一大段日子，假如是二十年前，我會衝動地跑到電報局，發一張電報，告訴你：「別擔心，我還活著。」如今，二十年的歲月，早已把當年的那股衝動與傻勁給沖走了。

　　別問我一年來忙什麼。每天不是油、鹽、醬、醋，便是教案、習題、考卷，上次你回岷市時，我曾告訴你，生活依舊是一張白紙。我曾想，或許我該提起筆，找個題材，把這張白紙塗上顏色；就在我這麼思索的一個黃昏，我無意中看到自窗玻璃折射過來，印在案上一張白紙的淡淡的七種顏色，它不鮮豔奪目，卻柔和可愛。霎時間，我突然悟到，在我這平淡的生活中或許正隱藏著一抹抹淡淡的、柔柔的顏色，而自己卻未曾發現它，也未曾珍惜它。

　　酣睡了一夜的小鳥，在樹梢間、在屋檐下開始唱新歌。它們在這裡唱一會兒，又飛到別處去，然後又飛回來。它們唱出了東方的一片朝霞，也唱出人間新的一天。

　　今天，將是個怎樣的日子？我不知道，沒有人會知道，不是嗎？我們只知道今天要做什麼，該做什麼，卻不知道今天將面對些什麼？所以，我們必須抓住我們手中的一分一秒，做完我們應

該做的事。今天，可能像昨天那麼平淡地過去，也可能從天外掉下一塊石頭，使你平淡的生活泛起一圈圈的漣漪，就像好多個星期以前的一個早上⋯⋯

那天早上和往常一樣平淡；但是，電話鈴聲響時，那一天便不再如昔。

是誰打來的電話呢？⋯⋯是一個與我闊別將近二十年的朋友。二十年前，為了尋找她的夢，到遙遠的他鄉，那時，她曾答應要寫信來，結果卻食言了。二十年後的一個早上，當她回岷市時，突然想起了我。在電話中談起她如何四處打聽我的消息時，那是多麼有趣啊！同在一個小城裡，她竟花費了那麼多的精神才找到我！乍然聽到她的聲音時的那陣驚喜，在畫家的筆下，該塗上什麼顏色？

炊煙從四鄰漸漸升起，看看腕錶，已快六點鐘，該叫醒在酣睡中的老大和老二。每天都是這樣，一大早把兩個大孩子喚醒，催他們吃早餐，目送他們上學。孩子的爹上班後，家裡只有上下午課的老三陪著我。老三是三個孩子中最調皮的，但沒有哥哥、姐姐在旁，他也調皮不起來了，真所謂「沒有兩個銅板不會響」。和我單獨相處時，他總是靜靜地擺弄他那數十輛小車子，不然便是默默地填色、畫圖。畫的也是車，有前、後、側的立體圖，老師看了好半天，就是看不出他畫的是什麼，後來聽他解釋，老師才恍然大悟，下課時，老師翹起拇指，讚我老三畫圖頂刮刮，將來可能是個建築設計師。

忘了是哪一天早上，我頭疼得厲害，躺下來休息，朦朧中聽見老三躡著腳走到臥室，低著聲音吩咐在擦地板的女傭說：「媽媽頭疼，你不要吵醒她。」一會兒，他又輕輕地走到我床邊，

為我拉上被。那時刻，呈現在我臉上的那種滿足、欣慰的神情，該是怎樣一種顏色呢？

生活中，假如細細地追想，總有那點點閃爍的光彩，只可惜，我一心要追求像煙花那樣燦爛、光華奪目的色彩。如今，在這冷風習習的早晨，我想告訴你，當你過膩了流浪的生涯，當你發現生活好淡好淡時，朋友，我希望你能回來，讓我們結伴走在記憶的沙灘上，看看夕陽在海岸上發出的光輝，或許在海灘上挖掘那被歲月深埋的、小小的彩貝……

# 啟蒙之師

　　人與人的相識，佛教徒說是緣分，基督教徒說是上帝的安排。

　　我能成為故黃慈悲老師的學生，也可說是上帝的安排。假如小時候，我不是對神父與修女有某種程度的懼怕，我便不會成為黃老師的學生，那麼，在我的記憶裡便不會有這麼一位和藹慈祥的老師。

　　那一天，母親牽著我的手踏進黃老師那窗明几淨的客廳時，黃老師給我的是和母親一樣慈祥的笑容。因此，我心裡的那份恐懼才能很快消失。

　　黃老師是校長也是老師。在那小小的房間裡，她收容了十多位學生。她教我們讀書，也教我們寫字。休息時，當我們在她的後花園蕩鞦韆時，她卻在另一房間裡教四、五個比我們年長的學生。

　　黃老師教我們寫字時，通常有兩本簿子：一本在教室裡寫，另一本帶回家練習。我們寫的字，每個人不一樣。小時候不明瞭，常奇怪為什麼我寫的字與別人不一樣。長大了才明瞭，原來她是按著我們握筆的氣力來決定要讓我們寫什麼。由此可知她對每個學生是多麼關心啊！

　　在黃老師那兒唸書的那段日子，我似乎不曾看到她發脾氣。調皮的學生，都被黃老師叫到身旁，用好話勸勉他。學生們有需要時，她也隨時給予幫助。

記得有一次，我們在花園裡玩時，不知怎樣，我的裙帶斷了，我窘得站在大樹下哭，黃老師知道了，趕快走來把我帶到內屋，拿了針線為我把裙帶縫好。

在黃老師那兒唸了一年書，第二學年便由她寫了一封證書，讓我轉到母校──聖公會中學──插班唸一年級。那之後，我便很少再見到黃老師，但閒暇時，常會想起黃老師，也會唱她教的兒歌。

大學畢業後，將要訂婚的前幾天，由於我和外子都是黃老師的學生，我們便去請黃老師觀禮，黃老師覺得既驚奇又欣慰。訂婚的那天，還特地抽空去看我。

黃老師是個虔誠的基督徒。因此我們結婚的那天，由於她不隨便進天主教堂，所以就在我結婚的那天下午，到我家走了一趟。她送給我一本《詩歌》，還有一本《聖經》，要我不要忘了上帝的恩典，要我時時以詩歌讚美神。

黃老師站在一旁看化妝師為我打扮，然後一步步陪我下樓，擦掉我的淚水，又像慈母般地目送轎車載我離家。我能有這麼一位關心我，疼我的恩師，真是上帝極大的恩賜。

然而，令我最最遺憾的是，七十年代，得知恩師病臥床上時，我卻因俗事纏身，未能及時探望她，而失去了見她最後一面的機會。每次想到此，我不禁要自責自怨，願恩師在天之靈能原諒學生的疏懶！

# 未題

　　走在那山路上，那經過人工修飾的山路。不為別的，只為了要看一看那隱藏著的瀑布。

　　瀑布。第一次看見瀑布是二十年前的事了。那時候，我們手牽手，你在前，我在後，走在梯田的阡陌上，要看看山城的瀑布。

　　那是個多麼小的瀑布。但，我們並不失望，我們嘻嘻哈哈地爬上山，竟然想尋找瀑布的起源……

　　現在，我左手牽著老二，右手拉著老三，緊緊地跟隨著隊伍向前走，走得那麼急促，竟連停下欣賞山旁的咖啡，木棉等各種樹的時間也沒有。只有在那豎立石碑的百年樹下，我們才稍停片刻，觀賞那雄壯魁梧的所謂百年樹。

　　站在那寬廣粗大的樹身下，一個六尺高的大男人，竟顯得那麼微小。我抬頭想看那數十尺高處的樹葉，竟然也看不到。這時刻，我倒很希望自己是隻小鳥，飛上高高的藍天，棲上那百年的枝椏，讓它把我帶回百年前的時代，百年前那個沒有染汙的時代。

　　即使過慣了那種以車代步的都市生活，來到這崎嶇險峻的山路，人們還是用那種最原始的方法來克服它。我看到最膽小的老大，在那滿是青苔的山路上，小心翼翼地走著。他伸出手，彎下腰，摸摸前面的石路，或許是想試試它的滑度，或許是想試試那

突出的磐石的堅固，然後才大膽地踏上去。我不曾給予他任何意見，也不曾伸手攙過他。人，總得有自己的意識及判斷，不能長久依賴人，這是成長的階段之一。

涉過那急急流瀉的水，我們終於爬上了那突出的大石。

我靜靜地欣賞著大自然的景緻。峻峭的山壁，蒼蒼的綠葉，還有那本該是無色，但，如今卻呈白色的瀑布，我不禁讚美造物主的偉大。

望著那從高處奔下的瀑布，不知怎的，忽然想起它多麼像你，雄心萬丈，不管山多高，路多遠，毫無懼怕地向前衝！衝過了那重重的困難，然後奔向你的目的地。你又是那麼柔順，彎彎曲曲的小河，你毫無怨言地順著它，再小的空隙，你能委曲求全，洶湧的大海，你也能安逸地暢懷高歌。無論在任何環境下，你都能那麼安然舒適，那麼無憂無慮地生活著。你是那麼柔順，誰也激不起你的憤怒，誰也不會與你發生衝突，朋友，你真是令我羨慕。而我，我像什麼？

我抬起頭來看看，瀑布旁的懸崖峭壁，真是令我畏懼。而我，我像什麼？我再往四周看看，我就像塊大石頭，頑硬、粗糙，還有那尖尖銳銳的角，常常在無意中刺傷了人。

曾有人用溪中的卵石裝飾家中庭園，卻沒有人把粗糙笨重的石塊搬進富麗的廳堂。即使有人用上了它，也必須經過人工雕鑿、磨亮，直至那大石的形狀，適合了人的心意才停手。

而人的心意是什麼？

人的心意比洶湧的大海更可怕。人的心意比海洋難填滿。人的心意比氣候更難預測。每想起人的心意，我的心便冷了。因為我是一塊大頑石，始終不明白人的心意，往往硬闖直衝，直達到

目的地時，已在途中傷害過人，且自己也是傷痕累累。但，卻還是那麼頑硬。所以，朋友，我常常在想，在世上，也只有柔順的你，才能與我相處得來。

現在，在這森林裡，我倒很想就此長住不歸。或者就讓我真化成一塊石頭，一塊佇立在溪邊的大石頭，讓我佇立著聆聽那沒有人類噪音的大自然的樂章。

或者讓我化成一株樹，一株屹立原野的大樹，無須讓人憑他的心意來修剪，只讓創造宇宙的神來養育，年復年，在原野中未失本性，那麼無邪，那麼專心地仰望著、依賴著神的樹。

但，我是一個人。幾個時辰之後，我又須回到烏煙瘴氣的世界，面對千百種的市儈，然後讓自己也步入市儈群中，扮演著自己不想扮的角色！朋友，你說，這種生活寫意嗎？

曾看見某作家這麼寫著：

> 我最近常常在問自己，長時間以來，一天用十多個小時去背生活的十字架，這樣值得嗎？理智一再提醒自己，僅僅為了五斗米，為了三餐，為了生活，就得折腰，就得匍匐去背這個十字架，這樣太不值得了！

這樣是太不值得了！耶穌背十字架，是為了救全人類脫離永恒的焚燒，那是值的，是值得敬拜、值得頌讚的。但，我背的十字架是為了什麼？那五斗米值得頌讚嗎？朋友，告訴我，有什麼十字架比那五斗米更值得我們去背負的呢？

　　我不敢說沒有。但是，在這伸手不見五指的時代裡，我已看不清前路，我已迷失了方向。就算背上了有意義的十字架，但人類那填不滿的心意也不讓你的十字架發出絲毫的光芒。

　　人。自私自利、自高自大的人！

# 那份喜悅

　　她不能形容當朋友把那白色的手提包送到她手中時的那份喜悅。記得十二歲那年失去父親之後，便一直過著極貧苦的生活，那時她還是個小學五年級的學生。每天，她牽著幼小的弟妹橫過那些車輛來往不絕的街道時，便有一種說不出的感覺。她感到自己的手腳是極其冰冷，偶爾還有汗水自掌中滴下。如今始知道那是一種叫懼怕的感覺，而她便在懼怕的疆域裡混了三年多。這之後，母親便以生活擔子太重為藉口，要把十六歲的她嫁給一個五十多歲的老頭子。看到自己的身影在暗淡的燈光下被拉長又縮短時，她突然想起了父親，也想起了那個老不羞的要娶她為妻的老頭子。難道自己必須步上母親的後塵，嫁給一個足可為自己的父親的人做填房？那夜，她第一次那麼勇敢地站在與母親的思想相反的崗位上。不嫁給那個老頭子。不嫁便不許讀書。從此，她只好開始售貨員的生涯。以往，她總是羨慕那些自食其力的人，現在她不會羨慕他們了。售貨員的生活是辛苦的。每天，她必須穿上那雙高跟鞋，把微笑裝上臉，站在玻璃櫃後為顧客服務，有時候碰到一些不知羞恥的，她真想賜給他們一下又大又響的耳光然後辭職；但是看在那幾個臭銅板的臉上，她不得不忍氣吞聲地幹下去。是的，幹下去，總有一天，她要坐在高高的椅子上看著他們的女兒站在她現在所站的地方像她這麼辛苦地挨過漫長的三年。要不是有一回她在店裡昏倒，她現在一定還在辛苦地度著歲

月。忘了是哪一天,好像是星期一,她爬上高凳子要拿一瓶藥時,突然昏倒了。醫生診斷之後便對她的祖母說,如果不讓她停止售貨員的生活,那麼孩子的性命將被顧客買去的。那夜,祖母向母親訓了一個晚上的話,翌日,她便獲得恢復她的學校生活的消息。那時候,她心中也湧起這麼一份說不出的喜悅。

高中最後一年,為了弟弟的婚事,她家的經濟又有點困難,為此,她便開始過另一種較有刺激性的生活。白天,她穿上白衣藍裙當學生,夜裡,同樣的一套制服,她卻是三個女孩子的家庭教師。在學生的家裡,她一而再地聽到朋友的名字,那時候,她們還不是朋友。假如她猜測不錯的話,朋友一定是學生們的哥哥的女朋友,學生們的哥哥並不英俊,這使她有了渴於認識這位朋友的欲望。

那是大學的第一天課,她聽見教授喊著一個她所熟悉的名,她有點不相信自己的耳朵,也不肯相信朋友會是那麼可愛。像朋友這樣的人應該會有一個更好的男孩子來做她的情人,因此她預料到一場悲劇的愛情。第一眼看到這位朋友,她便與她結下了一段不平凡的友誼。當她因生活的擔子而被逼轉系轉校時,朋友的名字一直掛在她的心中。幾個月前陪四舅回到台灣度假時,她思索了好幾夜,走過了好幾條街才決定要到一家書局買一本詩集回來送給朋友。她始終不明白自己為什麼會那樣地懷念著一個和她只同班過一年多的朋友,真的,她懷念她比懷念遠在他鄉的他還甚。假如有人堅持要她說出一個理由的話,那麼這也許是上蒼所賜給他們的一段不可解之緣。

她不曉得該說些什麼,這些日子來,她一直夢想著自己有那樣的一個手提包;但她捨不得花二十多塊錢去為自己買一個。現

在當朋友告訴她已擁有這個手提包時，她只能呆呆地看著她的朋友，她不曉得該表示些什麼；但她的朋友知道，因為當她自己收到那本詩集時，她也曾有過那份說不出的喜悅。

# 當票

　　這是很久以前的事了，但每次想起它時，心中總有一份歉意。

　　在溫室中長大的我，似乎不曾了解到室外風吹雨打的生活是怎樣的一回事。心底處，以為別人的生活都跟我一樣的溫暖舒適。

　　是剛進大學的那一年，有那麼一個黃昏，我在客廳裡無聊地盯著窗外一群群在暮色中嬉笑的孩子。曾幾何時，我的影子也曾印在街道旁的牆上。如今，卻被新來的影子，層層疊疊地給遮住了。那時刻，我好思念中學時代的那一群朋友。

　　大學以前的那段日子，每個假日與周末，我們總聚在一起尋夢、談理想。昏暗的斗室，寂靜的廳堂，只要我們的影子一到，昏暗便被驅走，再大的寂寞也被我們尖銳的笑聲給割破。喧嘩的球場，我們不惜把「千金」撒進長溝裡，翠綠的「迷你」高爾夫球場上，我們揮掉一把又一把青春的煩惱。如今，我們因課程上的差異，歡聚的時間減少了，而相聚時，要想人數到齊是何等難唭！

　　一陣鈴聲過後，一個修長的影子把眼前的暮色給擋住。我抬頭一看，是久久未曾露面的老洪。背著夕陽的餘輝，老洪顯得有點憔悴。

　　老洪是我小時候的同學，在我們這一群中，他年齡最大，所以我們常稱他老大哥。唸高三那年，他轉夜校去了。因此，我們也失去了與他相聚的機會。然而，我們並不因此而淡忘了他。

在暮色中看到他，我驚喜地叫了起來。他低下頭盯著我，雙眸及唇間的笑，很快地把那一點點的憔悴給抹掉。

「站起來，讓我看看小妹有沒有長高？」

我站起來，在他眼前轉了一圈，很快地，我們便把一串風鈴似的笑聲給挂了起來。

老大哥說他輟學了，在一家機械廠工作。我一聽到他已有工作，便讚他了不起，書沒唸完，就能找到飯碗，不像我，還要依靠爹娘。我興奮地纏著他，要他請客。這個自小就寵我的老大哥終於答應了，他訂好了日期，要我負責通知所有的朋友。我向他行軍禮，恭恭敬敬地說：「遵命！」

我花費了兩個晚上的光陰打電話約好我們那一群朋友。大家聽說「失蹤」已久的老大哥要請客，都樂意放下繁重的功課赴約。約定的日子終於到了。老洪一大清早就來我家，要陪我上教堂，我眨眨眼，奇怪「叛徒」也要上教堂。他也眨一眨右眼說：「到教堂聽一場道理，或許便不再是『叛徒』了。」

崇拜會散後，離午飯的時間尚早，我們沿著大街慢慢地走著。一路上，我埋怨大學功課多，僑生常被欺侮。他呢，他埋怨廠裡工作繁，夜裡蚊子多。我這才知道老大哥為了工作，已住進廠裡宿舍，也發現他已不如以前那麼活潑，而我卻未曾研究其原因。

到達餐館時，大夥都已到齊了。我們像清晨的鳥兒嘰嘰喳喳的有說有笑，笑聲大得把鄰座遞來的白眼都給擋回去。

買單的時候，老大哥左手拿著賬單，右手伸進左衣袋裡抽出皮夾子，隨著皮夾子掉出來的，是一張白紙。我伸出手接住飄到眼前的白紙，一邊打開紙，一邊大聲說：「瞧，老大哥的情書掉出來了。」

這時老大哥慌張地搶去我手中的白紙。在那一眨眼間,我瞥見紙上印著「Reliance Pawnshop」,第二行寫著「Watch」,接下去的數目我卻沒看到了。

「小妹,是誰寫給大哥的情書?」有人這麼問。

我睜著眼,不知該如何回答。

「是小妹寫給我的菜單。」老大哥在旁邊說。

大家「哇」的一叫,大笑起來。我側轉頭看他,見他正把那張白紙收進皮夾裡,而左腕上的手錶不見了。我的心鐵一般地沉重起來。

大夥步出餐館時,我的眼前還浮現著老大哥的當票。

當票!在我腦海中,只有極貧窮的人才有當票,而老洪,他怎麼會有當票?

當天夜裡,我輾轉不能入眠。我好難受,好後悔。我真不該吵著要老洪請客。我為什麼那麼粗心?為什麼沒思考老洪輟學的原因?為什麼沒想到老洪是為何而憔悴?假如為了要請我們吃一頓飯,而使老洪要把隨身的手錶當掉,那我的罪過是何其大啊!

再見到老洪,很想向他表達我的歉意,卻怕令他尷尬,結果又把話吞下去。如今,事過多年,每想起老大哥時,那份濃濃的不安與歉意又會用上心來……

# 對話

　　風有點冷，層層的烏雲在高處向路人示威。我抱著考卷匆匆步出校門。我必須在雨點落下之前趕到十字路口搭上小客車。

　　雨紛紛落下，雨點越來越大，我沒帶傘，只好在人家的屋簷下稍歇。反正是陣雨，大概不會下得太久。

　　屋簷下避雨的人慢慢增加，而雨還不停地落著。我百般無聊地靠在牆壁上，屋內已亮起燈，我看看腕錶，五點四十五分。十一月的黃昏已不是黃昏。屋內隱隱約約傳來一個小孩子的聲音：

　　「媽，您今天帶了這麼多玩具回來？」

　　「你不要動那些玩具。」

　　「媽，這些玩具不是要給我的嗎？」

　　我看不見室內的光景，看不到孩子的臉，卻想像著一張充滿渴望的小臉。

　　「不是，媽明天要拿去賣的。」

　　「賣？」

　　「明天，我想到合力大廈去，或許能把它們賣掉。」

　　「媽，讓我看看，好嗎？」

　　「不可以，等一下弄壞了。」

　　「不會的，媽，讓我看看，好嗎？」

　　「不行。萬一弄破了，我賣不出去。」

「我會很小心的。」

「………」

「媽，讓我看看吧。」

「………」

「媽，只看一件，看一件，好嗎？」

「只看一下，不許玩。」

「好的，媽媽。」

那孩子的臉，現在該有什麼表情？

「好漂亮啊！讓我摸一下，可以嗎？」

「輕一點，別弄壞。」

「媽，這小狗會做什麼？」

「會打鼓。」

「要怎樣才會動？」

「上了發條才會動。」

「媽，您弄給我看，好嗎？」

裡面傳來一陣陣的聲響。

「好了，該收起來了。」

「………」

「媽，那個大盒子是什麼？再讓我看一看，好嗎？」

「等一下，媽媽看看飯熟了沒有。」

裡面好靜，那小孩在做什麼？

「媽，再給我看看。」

「………」

「救火車！媽，我要救火車。」

「這不是我們的。」

「媽，您買救火車給我，好嗎？」

「媽媽沒錢。」

「媽媽，您的皮包裡有錢。」

「那些錢是要買你的牛奶的。」

「要很多錢嗎？」

「是的，要很多錢。」

「爸爸呢？爸爸有錢嗎？」

「爸爸……爸爸沒工作了。」

「為什麼？」

「………」

「媽媽，我要救火車。」

「………」

「媽，等您有錢，您買救火車給我。我要救火車。」

「………」

「媽媽，好嗎？您買給我，好嗎？」

「………」

「媽……」

雨還在下著，我衝出圍在前面避雨的人，大步走向大街……

# 小心你的手

　　暑假的某一天，我買了一把中國製造的長凳，想放在院子裡，預備停電的時候，可以坐在那裡乘涼，或做其他工作。

　　長凳是那種要自己動手安裝的，是由兩塊雕花的生鐵和幾條長長的木板組合而成的，要用時，必須把木板用螺釘旋在生鐵上。我打開裝長凳的紙箱後，想叫女傭幫我把木板釘上，沒想到在家的三個年輕人都跑來，把箱子裡的東西都搬到院子裡去，然後又去拿螺旋起子，開始動工。

　　看到他們興致勃勃地要把椅子裝好，我便退到屋裡，忙別的事去了。

　　不一會，聽到女兒尖叫一聲「喲！」

　　「小心，讓我來。」

　　「沒什麼，我再試一下。」

　　「讓我來吧，你那雙手要彈琴，手指頭受了傷，怎麼彈？」

　　「你呢？你的手要打電腦，受傷了怎麼辦？」

　　「瞧你們兩個，還是讓我來吧！」

　　「不行，你的手要畫畫。」

　　「哎，還是讓我來。我年紀大，力氣也比你們大。」

　　「只剩下這兩三個釘子，再做下去吧！」

　　彈琴的手、打電腦的手、畫畫的手……神真偉大。祂造了各式各樣的手，來美化他所創造的世界，不管是纖細的、粗糙的、

瘦長的、白嫩的、黝黑的手……在神的眼中，都是可愛又有用的手。可惜有的人不懂得好好利用他們的手，把本來美好、清潔的手給染上了血腥、沾上了汙點，一輩子都洗不清，這是多麼讓人傷心的事。

嬰兒喜歡用手抓臉，做母親的怕嬰兒受傷，便為他戴上手套。孩子不聽話，隨便打人，做母親的便會說，要把手縛起來。不管是戴上手套，或是把手縛起來，都沒辦法約束雙手不去做壞事，最重要的還是教導孩子如何分辨善惡，如何小心照顧自己的雙手，才不會辜負神為我們造雙手的初衷。

院子裡突然靜了下來，我推開門到外面去看看，只見三雙污穢的腳擱在桌子上，三個年輕人，坐在剛安裝好的長凳上，三個靠在一起的頭，臉上綻著滿足的笑容，正在享受著他們雙手所創造出來的產品。

夜裡，外子回來，看到長凳，說凳子很美，改天再買兩把，放在花園裡。

「什麼？」年輕人聽見了，舉起了他們的雙手。

# 鋼琴

　　每次回娘家，總會看到那架鋼琴默默地站在二樓的樓梯旁。每次，我都忍不住要掀開琴蓋，伸出即將僵硬的手指去彈幾曲，但往往是一曲未罷，我便重新把它蓋上。因為這架鋼琴，不僅琴鍵發黃，而且幾乎鍵鍵走音。

　　提起這架鋼琴，倒也有三十多年的歷史了。它是大姐十六歲時的生日禮物。那時候，我剛滿四歲。大姐每次彈時，我總喜歡擠在她身旁，伸出右手食指在琴鍵上亂按一場。每按幾下就會換來大姐幾聲呵喝，但我還是照「彈」不誤，等到大姐生氣，打了我的屁股，我才哭著躲進媽媽的懷中。

　　三年後，大姐結了婚，那架鋼琴便每天閒立著，直到有一天，我又掀開琴蓋胡亂地按著琴鍵時，母親才想起該讓我學彈琴了。

　　站在鋼琴旁看大姐彈琴，覺得彈琴是件非常有趣的事，等到自己坐在鋼琴前，眼盯著樂譜上忽高忽低的「黑豆芽」，然後又命令手指準確地按上琴鍵時，才知道要彈好一支曲子確實不易啊！

　　大姐的鋼琴我斷斷續續地彈了幾年。每年都要請個調琴師來調好走調的琴弦。空閒的時候，還要拿塊布，為鋼琴塗蠟，直到把鋼琴擦得閃閃發亮才罷休。

　　我披上婚紗後，那架鋼琴又站著發呆了。七十年代，雙親自岷市搬到計順市時，那架鋼琴又隨著搬了一次家。那時候，我剛

唸完中學，由母親一手撫養長大，與我同吃同寢的大外甥女，突然想起要學彈琴。掀開琴蓋，琴鍵發黃，有好幾個琴鍵已失去彈性，被按下後便永不起身，也有幾個已啞口無言，於是外甥女便去請了「琴醫」來「醫」琴。從此家裡便又常聽見叮叮噹噹的琴聲。

可是外甥女是個外向的女孩，彈不到幾年，家留不住她，便收拾行李到美國去追求她自己的理想──大姐的鋼琴又被冷落了。

現在看到這架鋼琴，我未免有點傷心。

世上萬物都需要愛。失去了愛，生活便走了樣。大姐的鋼琴，呆立在樓梯旁，雖然傭人經常為它揮掃塵埃，偶爾有幾個調皮的小孩來按幾下，或者來一兩個好奇者把它掀開來看看；但是，少了一個真心愛護它的人，鋼琴便漸漸地走了樣，以至於成了一架走了調的鋼琴，那是多麼可惜啊！

現在這架走了調的鋼琴，站在那兒，是等著我們來呵護它呢，還是等著年輕一代的人來發現它，愛它呢？鋼琴啊，鋼琴，請把你的心意告訴我吧！

# 照鏡子

　　鏡子是一個很平凡的東西；可以說我們隨時隨地都會看到鏡子。有些學校的樓梯旁，或者進門處都設有一面鏡子，它的目的不外是讓經過的老師、學生照照自己，看看自己衣冠是否整齊。然而，真正能停下腳步細心觀賞自己的人不知有幾個？

　　有人很喜歡照鏡子。我上大學時，有位同學就很喜歡照鏡子。每上完一節課，在下一節課的老師尚未踏進課室前，她一定會拿出她的小鏡子出來，看看她的頭髮是不是給電風扇吹亂了，臉上的粉是否均勻……休息、下課更不必說了。放學時，和她走在通往大路的林蔭小道，她一邊走，一邊轉頭往停在街旁的車子看，起初我們也沒注意她的舉動，後來才發現她原來是把人家的窗玻璃當鏡子照。跟她比較熟悉的同學常會笑她說：「好了！夠漂亮的了。」而她也會很開心地說：「當然囉！」

　　記得有一次，我們從醫院的實驗室出來，她仍然一邊走，一邊照鏡子；突然聽見她尖叫了一聲，我們停下了腳步問她：「怎麼了？」

　　她指著旁邊的車說：「是殯儀館的車！」

　　我們大夥都笑了。有同學對她說：「活該！看你以後還隨便照鏡子！」

　　我這個人就很少照鏡子。早上起床洗刷時照照鏡子，那之後，若不是要出門，就很少照鏡。什麼原因，我也說不上來。

　　記得小時候，家在家具店的二樓，還未上學的那段日子，常
跑到樓下去，在這張床上躺躺，到那把椅子坐坐，整天穿梭在那
些家具之間。這當中最讓我留戀的是站在兩台相望的梳妝台前看
自己；不是欣賞自己的「美」，而是奇怪怎麼會有那麼多的我在
鏡子中？

　　上了學，搬了家，就再也不留戀臥室裡的梳妝台了，因為每
次看到的都是那個眼睛大大，拖著兩條辮子的我，那許許多多跟
我一起彎腰，一起微笑的「我」跑到哪裡去了呢？

　　唸中學時，有朋友對我說：「夜裡十二點，點上蠟燭向鏡子
膜拜，你會看到你將來的終身伴侶。」好多次想試試，都因膽子
小，放棄了。後來曾經聽說有人在鏡子中看到了不應該看到的東
西，我對照鏡子更沒興趣了！

　　梳妝台的鏡子不想照，但心中的那面鏡子，卻不能不照。
這面鏡子能照出我們的好壞，指導我們走該走的路；可惜有的人
的鏡子卻只能照出別人眼中的一根刺，而照不出自己眼中的一根
樑。因此，我要時時求神擦亮心中的這面鏡子，讓它能及時照出
自己的善與惡！

# 生計樓瑣事

　　菲律賓沒有秋季，但中秋節過後的第一個夜晚，坐在後院的藤椅上，看那疏疏落落的樹影，沐浴在濃濃的玉蘭花香裡，真是一種大享受，只可惜，生活的鞭子卻不容許我在此多享受，想起了明天，我只好離開這花香美景，步向坐落在院後的小樓。

　　這小樓我把它命名為「生計樓」[1]，因為我們全家生活的希望全寄託在這小樓中。我推開小樓的木門，姐姐已經和一些女工在裡面忙著。姐姐忙著將一大鍋一大鍋的花枝丸、貢丸、魚肉丸秤好，然後讓女工把秤好的各種丸子，裝進塑料袋密封好，堆在另一張長桌子上。我走近長桌子，從衣袋裡拿出一張長長的紙條，這上面記著每個客戶的訂貨，我依著訂單的數目，把他們所要的貨品，裝在用紅漆寫上客戶名字的竹筐裡，然後又把竹筐送進冰櫃。我們幹這一行的，最怕的是停電，不幸的是此地卻常有電流中斷的事發生，而每次停電都是兩三個鐘頭，冰櫃裡的東西，由於溫度屢次變更，都變味了，生意因而受了影響。記得以往我們還沒買發電機時，每逢停電，爸爸總是愁得雙眉不展。後來，爸爸積攢了一筆錢，買了一部發電機，每次停電，便利用發電機來維持冰櫃的溫度。這樣，總算把停電的問題解決了。然而，舊的問題解決後，新的問題又來了……

---

[1]　「生計樓」為菲律賓文「Tahanan ng Hanap Buhay」的華文翻譯。

　　爸爸買發電機的那一年，我還在唸中學。每天早上帶著弟弟、妹妹上學，下午又跟弟妹結伴回家。以往，走在這條街上，碰到了左鄰右舍，他們都會笑著跟我們打招呼，有時候，還會擰一擰妹妹胖胖的臉頰。自從爸爸買了發電機後，鄰居們看到了我們，都愛理不理的。有些小孩子竟向我們扮鬼臉，有的嘰里呱啦地模仿著我們華人說話的聲音，真令我難受。

　　有一個晚上，我在客廳裡做功課，爸爸跟大哥、大姐在小樓裡忙著，忽然間，電又停了。爸爸從小樓裡摸黑出來，沉重的步伐，在黝黑的夜裡顯得很遲鈍。不一會，我聽見發電機發動的聲響，那單調的聲音，破壞了夜的寧靜。然而，有了那單調的聲響，冰櫃裡的東西才不會壞掉，有了那單調的聲響，我便不須在搖曳、昏黃的燭光下做功課。誰知幾分鐘後，從大街及鄰居處拋進來大大小小的石塊，還傳來幾句不堪入耳的粗話。那時候，我握緊拳頭，想衝出去跟他們打架，卻被媽媽拉住了。以後，每逢停電的夜晚，這種亂拋石塊、大聲辱罵的聲音都不曾停止過。直到有一天……

　　那是個風雨交加的早晨，氣象局宣佈懸掛二號風訊，各中小學當天停課，我難得有一天閒，便跟著爸爸到小樓裡忙著做魚肉丸。不久，門鈴響，開門的女工進來說是隔壁的范尼沓要找爸爸，爸爸放下手裡的工作，洗洗手，又在圍巾上擦擦，便撐了一把傘，穿過院子，往大門跑。我由於好奇心的驅使，也跟在爸爸的身後去看個究竟。

　　范尼沓是我的右鄰。她的丈夫是個學校的司機，今天學校沒上課，他就沒薪水。范尼沓為了補貼家用，每天清晨四點多鐘，

便起來炸香蕉、炸春卷、炸番薯、煮米糕、意大利麵等各種點心，然後送到附近的學校去賣給學生。

爸爸把范尼沓請進客廳。我很不友善地盯著她，只見她滿頭滿臉的水珠，右手挽了一個籃子，籃子四周上下都用塑料紙包著。她不好意思地向爸爸說：

「林先生，對不起，打攪你。」

「沒關係。」爸爸說。

「我今天一大早便煮了好多米糕，誰知學校卻沒有上課。這些米糕無處賣，只好賣給我們這條街上的每戶人家。現在我也想請你幫幫忙。」

「沒問題，沒問題。」爸爸笑著說。我不痛快地望著爸爸。爸爸怎麼這麼慷慨？他難道忘了范尼沓的孩子扔過來的石塊？他難道忘了他們的辱罵？

「你還有多少米糕？」爸爸問。

范尼沓掀開籃子上面的幾層塑料紙，數了一數說：「四十塊。」

「好，好。我全部買下來。……多少錢？」

「二十比索。」

爸爸付了錢，范尼沓感激地向爸爸笑著，我卻一直狠狠地盯著她。范尼沓回去後，我不住地埋怨爸爸，說他不該向范尼沓買米糕，而且還買了那麼多。爸爸拍拍我的肩，笑著說：

「孩子，當初我們還沒發電機時，停電的時候，爸爸總是愁得不知該如何處理我們的魚肉丸、花枝丸。現在我們的問題解決了，難道就不能幫別人解決他們的問題？」

「可是……」我還是不服，但爸爸卻搖手示意別再說下去。

　　幾個月後的一個早上，我忘了學校是為了什麼原因，又突然宣佈停了一天課。范尼沓又攜來一籃子番薯糕，大概是番薯糕不受歡迎吧？范尼沓的籃子竟是滿滿的。爸爸買了幾塊後，對著深鎖著雙眉的范尼沓說：

　　「這樣吧，范尼沓我看你這些番薯糕暫時放在我的冰櫃裡，明天早上，你再來拿去賣吧！」

　　范尼沓雙眉一展睜大眼睛看著爸爸，笑意漸漸自她唇角出現。「真的？」她說。

　　「我會騙你嗎？」爸爸說著，接過她手中的籃子，「你跟我來。」

　　爸爸把小樓裡的冰櫃指給范尼沓看。

　　「這是我們生活的希望。」爸爸把一包包的東西，還有一鍋鍋的生魚肉、豬肉拿給她看，「這些東西，一碰到停電停得太久的話，就完了。所以一停電，我便必須用發電機。」

　　范尼沓不好意思地笑了。

　　以後，停電的夜晚，小石塊的攻擊聲漸漸減少，辱罵的聲音也不再聽到了。清早與黃昏，走在這條街上，我又看到了一張張純真的笑容，我又聽到了親切的呼喚聲，生活也因而變得有意義了。

# 園丁的獨白

並不是刮風的季節，無線電收音機竟傳來氣候局懸挂三號風訊的消息。我仰首疑惑地望著這寧靜的夜。孩子們自床上躍起，為那美好停課的消息，在那裡狂歡吶喊。

長夜極其寧靜地自我睫下走過。

我拉開窗簾，推開窗，想迎進一線曙光，迎面而來的是比冷氣室更冷的寒風。我不禁為昨夜的疑惑而對氣候局起了一分歉意。風刮得好大，園中的玉蘭花樹被吹得東倒西歪，我好擔心它會被風刮倒。記得五六年前自花攤買來，要移種園裡時，心底處記得老人家總是這麼吩咐：土要挖得深，越深越好，讓它往下紮根，這樣往後才經得起風吹雨打。此刻，站在窗前看著它被風吹得彎下了腰的樣子，真是慶幸當時把根紮深了，即使不幸被吹斷，該也不會連根拔掉。太陽克勝狂風之後，只要再細心地澆灌、施肥，他日又是挺直身子迎風接雨的一棵大樹。

學校每年給我將近五十株的幼苗，我總是那麼勉強且粗心地接過來，在那裡挖土，一株株地種植著，卻不曾細心查土是否挖得深，根是否能舒適地伸展。每天我機械般地施肥、澆灌；但施的肥是否均勻，澆下的水是否充足，我竟未曾留意過。十多年了，我竟這麼漠不關心地當了十多年的園丁。十年前的幼苗，現在該都是大樹了。可不知經得起風吹雨打的有幾棵？又不知往下

縶根,往上結果的又有幾棵?結出的果實是酸是甜?但願沒有一棵被虐風連根拔掉……驀地,我心中浮起了一分說不出的內疚。

風比剛才更狂,它瘋狂地把蕭條掃進我家園裡,雨腳更是繁亂殘酷地踏著滿地的落葉,我忽地記起了幾盆雛菊,還有些待放的蓓蕾,我急步下樓,直往花園裡走去,我屈身把一盆盆的花搬移到自認是安全的地方。才搬了三五盆,竟直不起身子,我只好把老大叫來,要他幫著把餘下的搬走……做一個園丁並不容易唷。

十多年來,我這園丁在那裡屈身,彎腰,忍痛挨餓,為將近五十株幼苗施肥、澆灌。默默地在那裡工作,直至腰挺不直時,才稍息閒坐。疼痛過後,再次彎腰工作的那一剎那,我可曾漏掉了幾株待呵護的幼苗?……是該有個幫手的,不是嗎?

有個幫手,該不會有被遺忘或被疏忽的。或者,還可有一丁點的時間來除蟲,除掉了那些害蟲,結出的果子便不會又酸又澀了,那該有多好!

此刻,我並沒有幫手,但為著那累累的果實,或許我該多忍受疼痛,多用點心來看顧這些幼苗,讓它們茁壯。將來一排排的大樹,蔭蔽成千成萬的行人。這……並不難的,不是嗎?因為它所需要的僅是園丁多一點點的慈愛與耐心。

# 別矣，大禮堂

聽說大禮堂下星期就要拆掉，要讓位給即將興建的新校舍，我心裡有一份傷感。

大禮堂雖有點破舊，我對它卻有一份濃濃的感情。屈指數數第一次進入禮堂的時間，竟是四十年前的事了！我不禁驚歎時間的飛逝。

從私塾學校轉進母校時，最令我感興趣的就是這座大禮堂。上課的日子，我們每星期總有一天要進大禮堂，老師在那裡教我們唱歌，教我們祈禱，還講了許多我以前從未聽過的《聖經》故事給我們聽，使我知道並認識創造和掌握我生命的神。

五十年代太平的日子，晚上，學校當局偶爾會放映電影給我們看。我吃了晚飯，獨自走過「奈何橋」去看電影。散場時，父親已在大禮堂的石階旁等著接我回家。

下午休息時，我們在禮堂下面買點心吃。放學後，我們在那裡遊戲。任何小孩子的遊戲，我們都可以在那裡玩。那裡是我們小女生遊戲的場地。男生們通常都在操場上玩球、踢毽子，這裡是女生的天下。

隨著歲月的增長。我們在禮堂下面遊戲的時間便逐漸減少，直到進了高中，我們便不再到禮堂下面閒蕩。禮堂下面寬大的場地，也因學生人數的劇增，而蓋了幾間教室。儘管遊戲的場地縮

小了，下課時，還是有許多小學生在那裡遊戲，因為那裡不怕日
曬雨淋，空氣又流通。

　　執起教鞭的這段日子，又與禮堂結下了緣，不同的是，當
年坐在長椅子聽故事，學唱歌，如今卻要站在台上講故事，教唱
歌。每次站在台上，總會想起小時候自己坐在台下的日子，或是
在台上表演節目的那段歲月。這禮堂，藏著我童年多少的歡笑
……而今……而今，它就要被拆毀了。為了容納更多的學生，只
有把這充滿歷史痕跡的大禮堂給拆掉。幾個星期後，我就不能再
見到它了。

　　今天，把成績單交進辦公室時，我就站著默默地望著它。我
要記住它的每一寸每一方，然後，我要把它描繪給下一代看。或
許年輕的一代體會不了我這份感情，但我還是要讓它在我的記憶
中活下去。我愛這大禮堂，我愛它的寬敞，我愛它的光亮，我也
愛它空氣的流通。坐在裡面我覺得溫暖、舒適。如今，這一切即
將過去了！別矣，大禮堂。

　　大禮堂如此，人生又何不是？

# 哀哉，盆栽

盆栽，藝匠們的精心傑作，富人家高貴的裝飾品。多少人高歌，多少人頌讚，可是我卻在無意間讀出了它的悲哀。

盆中這小小的，別緻的樹，當它還是棵樹苗時，它跟庭院裡，原野上的樹苗並無兩樣。但是，當人們把它移植盆中時，它卻開始了另一種命運。

盆中的樹，由於土壤及空間的限制，它便不能舒適地往下紮根，這便影響到它的身體不能自自然然的茁壯成長。所以它經不起風吹雨打日曬，所以它只能躲在廳堂上供人欣賞。

盆中的樹，它好幾次伸出手想創造它的理想，藝匠卻把它的手扭曲了。當它拉長頸想看看窗外的世界時，藝匠手中無情的剪刀便修短了它的頸。盡管藝匠每天那麼細心地為它澆水，耐心地為它施肥。但盆中的樹，始終不會給人一種雄壯的魁梧感。它不像園中的大樹，傲立大地，仰望白雲青天，俯視足下萬物。更不能枝葉並茂，蔭蔽來往的遊人。它的生命，失去了神創造它的意義，難怪它常常憂悒寡歡，默默而去。

啊！盆中的小樹，你清麗、脫俗，你優雅、高貴；但你卻弱小可憐，永遠不能壯大，永遠受人擺佈，永遠是人們手中的玩物。這是何等的悲哀，何等的令人感慨！

# 花 · 枝 · 葉

　　刮風的季節，我竟畏縮著不敢踏入風中。並非怕自己被風刮掉，而是不忍聽見腳下落葉的呻吟。

　　儘管落葉終得歸根，人死入土為安。但，我還是不想目睹枯葉被刮下，而來不及向樹身道別時的那種神情，那種欲哭無淚的神情，常使我悲傷萬分。

　　每次在風中趕路，總須經過那落葉滿地的小徑。每次，我必須小心自己的腳步，輕輕的，輕輕的，可別踩到了落葉，因為我不忍增加落葉的疼痛。當我不小心踩上了落葉時，似乎還能聽到劈劈啪啪的聲響，那聲響會令我想起了多少被折斷的傲骨，我的心不禁為之絞痛。我躊躇著不敢向前進。

　　當我駐足躊躇時，偶爾還傳來幾聲叫喊。我低頭一看，原來在落葉枯枝中，還有一些小小的蓓蕾。他們在那裡抗議著，抗議理想未被兌現便被刮下。此刻，我好軟弱、軟弱得舉不起腳步向前走。風啊！你何殘忍！你搖落一樹的衰老，折斷多少傲骨，更摧毀了待放的理想。風啊！你將橫行至何時？

　　驀地，一股熱流自心底湧上，我突然好希望自己能變成一堵牆，一堵至高至長的牆，把風擋在牆外，讓蒼老的樹葉好好地在那裡蔭庇嫩芽，讓枝椏在那裡向上伸展，讓蓓蕾綻放成令人頌讚不息的花朵。

# 換盆

元旦那天剪下一枝玫瑰,把玫瑰花插再案上纖細的玻璃瓶中,把那長長的、帶刺的枝細心地栽在花盆中。每天清晨與黃昏,我都忘不了要給它澆水。

幾個星期過去了,案上玻璃瓶已換了好幾次花,唯有那有刺的小枝,依然挺著身子站在後院的花盆中。看到那未曾褪色的綠葉,我對它充滿了希望。

再次細心查看它時,只見在舊枝椏旁邊,已長出新芽。漸漸的,新芽隨著歲月的流逝慢慢茁壯。春分時,已是一棵進尺高的小玫瑰。我好像看到一個剛學會舉步的孩子那樣的歡欣。

暑假閒待在家,看到那新栽的玫瑰,又看到那小小的花盆,心想反正沒事做,不如把它移植到較大的盆中,免得將來高大多刺,就難於移植了。於是從牆腳處找來一個較大的花盆,輕輕地拿出小盆中的玫瑰,然後移植在大盆中,加了些泥土,然後又灌上水,就算大功告成。伸個懶腰,回屋裡喝杯涼水,休息去了。

兩天後,看到那被移植的玫瑰,葉兒萎縮了,心想或許水澆的不夠,又放在炎陽下,怎麼不會萎縮呢?於是把花盆移到涼蔭下,早晚為她多澆水,總盼它能復甦。誰知凋萎的葉兒,不但不甦醒,反而日漸枯乾,我不禁為它傷心。

我對種花毫無研究,只知澆花、鬆泥、除蟲、施肥,其他細節一概不懂。現在一棵成長中的玫瑰竟被我摧毀了,我好後悔!

驀地想起《聖經》有這麼一句話：

> 「凡事都有定期，天下萬物都有定時。生有時，死有時。栽種有時，拔出栽種的，也有時。」

我所栽種的玫瑰，還屬幼苗時期，經不起任何震動，而性急的我，竟把它移植了，難怪它會凋萎。人，常常在自作聰明的時候，犯上了錯誤。

# 似花非花

　　下班回家的途中，一片楓葉落在我的肩上，我這才驚覺到又是落楓的季節了，也記起了我的諾言：摘下一片楓葉，寄給你。

　　我抬起頭，望著那滿樹深淺不一的紅葉，在風中飄舞著，該摘下哪一片寄給你呢？我站在樹下靜靜地尋覓著，該選哪一片呢？乍看起來，似乎沒什麼差異，但當我細心地看它時，才知道每一片楓葉都有它的美：有的顏色好看，有的形狀好看，就像女孩子，各有其優點，我真不知該摘下哪一片給你？

　　你曾說過：揀一片落楓給我。但是，我真不願俯身撿片落楓，要嘛，就該選一片美好的。歸途中的落楓好多，然而都是殘缺的，不值得送給你。

　　我在樹下靜立了十多分鐘，幾個過路的小孩都湊過來，看熱鬧似地和我站在樹下仰視著。最後，我閉上眼，舉起右手，縱身一跳，抓住了一枝樹椏，當我再次站定時，掌中握住了兩片楓葉。「你採楓葉做什麼？」有個金髮碧眼的男孩問我。我眨眨眼說：「寄回菲律賓給我的女朋友。」他們嘻嘻哈哈地走開了。

　　我把楓葉拿在手中細細端詳著。神真是奇妙，同是楓葉，但色澤、形狀都有差異，很可惜，沒辦法在一日之中郵寄給你。我把楓葉夾在記事本中，為自己剛才摘楓葉的傻勁而笑。要是找老婆也能像摘楓葉般，那該多好。

　　兩年來，我走過了好多地方，碰見了好多女孩子，可我就不曾有過要成家的欲望。心底中，我覺得總該先把生活安定下來才成家。現在，生活是安定了，但我還是不能成家，因為總有一種不安定的感覺存在著。

　　我始終不知道自己為何不能安定。直至有一天，我到鄰居鍾順家時才明白自己為何惶惑不安。

　　鍾順是個和藹的美國老人，他兒女都已成家，各居一方，留下鍾順老夫婦獨居小石屋裡。星期天，百般無聊的時候，我常會到他那裡下棋。有時幫他整理後園，洗洗他的老爺車。起初，他會塞幾張鈔票給我，但都被我婉拒。我告訴他，我們中國人是不興這一套的。後來，周末的時候，鍾順老太太就會捧一碟蘋果糕或是什麼香噴噴的東西過來。對這色香味皆誘人的東西，我便不客氣地收了下來。

　　又是一個星期天下午，我到鍾順家去。我看見老鍾順蹲在他十多盆玫瑰花叢中忙著。我好奇地蹲在他的身旁，只見他手中拿了一把小刀子，在玫瑰花旁輕輕地挖著，挖出一株小草來丟在一旁。我拾起來一看，與玫瑰花葉一樣的鋸齒邊的葉子，像是玫瑰的嫩枝。我問老鍾順：「為什麼拔掉它？」「那是棵野草，會吸取玫瑰的肥料。」「它不是玫瑰？」「不是。你仔細瞧瞧。」我再詳細查看手中的小草。那葉子真像玫瑰花葉，可它就少了那細細的小刺，莖兒也沒玫瑰的堅硬。不小心查看，實在不會發現它。不幸的是，偏偏就有像老鍾順這種小心眼的人來發現它，甚至於來除掉它。看看老鍾順這麼耐心地拔掉這些極力在玫瑰花中掙紮生存的小草，我心中湧起了一份悲哀。因為，我突然明白了心中那份不安的根源。我，在異邦生活的黃種人，像極了老鍾順

手中要拔掉的小草。所以，小湘，我還是不敢成家立業，我必須
回去，回到我的國土！那裡可能不是玫瑰園，但畢竟是屬於我的
國土。那裡我無須擔心老鍾順手中的小刀。

# 情繫何處？

「從事教育的人最愛國。」這是汪義生博士批評拙作《秋笛文集》的題目。我不否認他的話；但也不完全贊同，原因是從事教育的人不一定最愛國。看看我的四周，比我更愛國的人多得很。他們這裡捐錢，那裡捐錢，報紙上天天有他們的名字，他們才是最愛國的。中國政府對他們也特別愛護。而我呢？我當然也愛國，不然我每天嚐粉筆灰，跟一群又一群臉上多數寫滿無聊、無奈的學生嘔心瀝血做什麼？還不是為了傳揚中華文化？但我沒有大把大把的鈔票可獻上，只能出力而不出錢了。

小時候，有段日子，每天晚上跟著在華僑中學唸書的哥哥到處收集報紙、舊衣服，說是為了捐錢援助祖國，也不明白祖國是什麼，祖國到底發生了什麼事，只是好奇地跟著大哥哥大姐姐忙來忙去的；可那種心繫祖國的情也就在那時候產生了。這種一廂情願的情，得到了什麼？仍然是兩袖清風！

外子跟我一樣，愛祖國愛得不得了。年輕時就一直盼著祖國能洗刷掉「東亞病夫」的名號，終於盼到了祖國在國際上抬起頭來的日子，滿以為華僑的日子會好過一點，但是有嗎？熟悉外子的詩的人一定會記得他有這麼一首詩：

〈鄉愁〉

如果必須寫一首詩
就寫鄉愁

且不要忘記
用羊毫大京水
用墨，研得濃濃的
因為
寫不成詩時
也好舉筆一揮
　　　用比墨色濃的鄉愁
　　　寫一個字——
　　　家

這是他對「家」的眷念。再看他的另一首詩：

〈野生植物〉

有葉
卻沒有莖
有莖
卻沒有根
有根
卻沒有泥土

那是一種野生植物
名字叫
華僑

　　這是寄人籬下的悲哀。帶著悲哀的心回「家」，想投進「母親的懷抱」，細訴離家的苦楚，想把根挖回家，可「家」並不一定容得下你，親人也不一定接納你。正如蔡惠超先生在《公正看待商總整體表現》裡面所寫的：「華社不肯截然放棄中華文化傳統。舊日的政治意識仍然抱殘守缺下堅持不放。台灣天天爭吵著選舉的事，大陸似乎也無暇兼顧分擔菲華的煩惱。其有排華，嚴重綁殺的事發生了。兩岸都推說受害者不是拿他們的護照。意思是『不管』。但在每次官方演講，卻親切地開口『僑胞』、閉口『僑胞』。……」「僑胞」，誰是真正的「僑胞」？

　　一生堅持中國籍，持著中華人民共和國護照的外子，這回想與國內人士合伙做生意，到工商局一問，才知道海外華僑要按外資投資法才能在國內成立公司，而港、台、澳的卻能佔有百分之四十的股權與國內人士合夥。外資投資談何容易，單單資金額高不可攀，還有其他方面繁雜的手續。到商標局辦理商標註冊，情況也一樣。國內人士收費人民幣一千元。中國籍海外「華僑」，待遇與外國人相同，收費四千元！！！簡直把華僑當作魚肉！這是否因華僑、華裔每次捐大筆款所給予他們的印象？在自己的國家投資，外國的華僑是外人，港、台、澳才是同胞！待遇完全是兩回事！外子菲、中兩地奔跑，來來回回的路上，鄉愁、愛國之心，漸漸遺失了……。請看他的幾句心中話：「八十年代末，我寫出了自己感到最滿意的一首詩，因為這首詩不僅僅以情寫，也是以淚與血寫的。……之後，我久久無詩。是不是精神上頓然失去了寄托而形成詩思的失落？……」而我這個被譽為「最」愛國的人，是否會因而放棄宏揚中華文化的意願？

# 貓亦知罪

這些日子，我常想，假如人類能與動物溝通，那該多好？我們這些喜歡塗塗寫寫的人，一定會有更多的題材可以下筆；只是，除了亞當夏娃在伊甸園時能聽懂動物的話，能與牠們交談外，現在的人可能都沒辦法跟動物交談了。

忘了是哪一天早上，我推開門要到車房開車時，看到我家的一隻貓蹲在無花果樹下，仔細一看，牠口裡黑黑的。糟糕，又有一隻貓病了。

一個多月前，我發現有一隻貓下巴黑黑的，本以為是牠到外面拾「破爛」弄髒的，過了幾天見牠的黑下巴不見減少，而且食慾全無，才知道牠病了。最後就消失貓世。

當時，我想，那隻貓如果能說話，牠一定會告訴我：「我病了。」

現在看到這隻嘴巴黑黑的黃花貓，我立刻問：「你怎麼了？」

「喵。」牠開口了，黑色的東西掉在地上。

「那是什麼？」我問，同時也往前走了一步。是一隻會翹起白尾巴的黑鳥。黃花貓看著我。

「什麼，是小鳥？」我瞪著牠。牠也望著我。

「可惡！你怎麼能傷害那無辜的小鳥？」我大聲罵牠。牠用腳把地上的小鳥往身後撥，眼睛還是望著我。

「小鳥跟你無冤無仇，你怎麼忍心吃牠？」我繼續說。她又把小鳥往身後挪。這時我突然覺得牠就像一個做錯了事的小孩，一心想掩飾牠的罪過，一心也在想該如何向我解釋。

假如，貓能講話，牠會說什麼？

原來動物和人一樣，牠們也會做錯事，也能知錯；但牠們是否會痛改前非？

我想，牠們肯定是不會悔改的，因為上帝在創世時，並不是按著祂的形象來造動物，也沒有在牠們身上吹上靈氣，所以動物是不會為自己所做的惡來痛悔。

上帝創世時，用地上的塵土，按著祂自己的形象來造人，然後將祂的靈氣吹在人的鼻孔裡，讓他成了有靈的活人。

人是有聰明智慧的，只可惜，往往有人因自己的智慧來作惡，把這美好的世界給弄壞了，難怪我們常會責罵作惡者連禽獸都不如！

假如貓能說話，牠是否會說：「你們人類不也殺害了許多無辜的小動物？不僅是小動物，你們還互相殘殺呢！」

想想，還是不要跟動物溝通吧。

# 豈只人有情？

我家已經成了貓兒的收容所。那隻母貓一年生兩次，每次三、四隻，貓兒稍大，女傭偷偷地把小貓帶到菜市場去丟了。

假日在家休息時，看那幾隻大小不一的貓兒在庭院中嬉戲，倒也是一種樂趣。

幾個月前的一個星期六，我正蹲在院子裡的花盆間除草，聽見大門外貓犬不寧，可能是對面的大狗在追逐那些貓兒吧。在狗吠貓叫的聲音中，也摻雜著鄰家汽車開走的聲音。不一會，只見那隻年紀比較大的白貓咬著一隻比牠小的花貓慢慢地走進來，白貓把小花貓放在後院的一個角落裡。我跟在牠們的後邊，看白貓把小花貓放下，那小貓一直細聲地呻吟著，兩隻前腳不停地發抖，大概是受了傷。我到外面去問問那幾個在遊玩的小孩，其中一個說是大狗追逐小貓，小貓跑到鄰居的車底下，剛好汽車要開走，小貓就被輾傷了。我再回後院去，輕輕拿起牠的小腳，沒有流血，我也不知道要怎樣替牠療傷。倒是那隻白貓，一直用牠的前腳撫摸著小花貓的小腳。

幾天過去了，那隻白貓每天都那麼耐心地在為小花貓按摩。小花貓在比牠大幾個月的異父長兄照顧下，似乎也漸漸好轉。

是一個星期六，朋友有事來我家，走到後院時，正好看到白貓在為小貓按摩，他覺得很奇怪，便好奇地走向前想看個究竟；他還沒走上兩步，白貓立刻站起來，護著小花貓，面對著我的朋

友兇巴巴地大聲吼叫，朋友趕緊往後退。白貓看到朋友後退，立刻咬住小花貓的頸項，把牠移到大樹後的草叢間，放下小花貓，站在牠身旁一直盯住朋友，直到朋友回屋，牠又繼續為小花貓按摩。

朋友看到此景，感嘆不已。世間豈只人有情？

其實，仔細想想，人類有時候還比不上我家的小白貓。人類是非常殘酷的。電視上、報紙上，多少的兇殺案發生？後母殺害前妻子；夫妻為財殺人；綁票、撕票；手足為遺產傷殺……

人類實在是不可愛；但神卻仍然愛我們。我們用什麼來報答神？用朋友、親人的血嗎？還是以愛來回報？

# 雞尾酒

自小，我便承受了母親那種厭煩喧嘩、酬酢而喜愛寧靜、淡泊的生活，所以在我三十多年的歲月中，除了不能不赴的宴會，我極少參加婦女那種「觀訂婚」及「探新房」的行列。

偶爾參加摯友的訂婚禮時，也是那麼靜坐一旁，若有人問我聘金多少，什麼多少，鑽石多大，我一概不知道，問者會笑我傻，說我觀的什麼禮，一問三不知。其實，我才不傻，我觀的是朋友的訂婚禮，我要看綻開在他們臉上的幸福的花朵，我站在那裡一面看，一面求神祝福他們，願他們永浴神的愛河裡。我從不去注意擺在那裡是些什麼，因為我知道維系在朋友與她那未婚夫之間的，並不是聘禮的多少，或是鑽石有多大。

去年年底，大表哥來找我，說他的寶貝兒子要結婚，要我這個唸過設計系的表姑去給他看看空房，研究研究床啦、梳妝台啦，應該怎樣擺，還有窗簾、地毯和床單該用什麼顏色才好看。其實，我唸是唸過，可是那麼久沒用，都收進貯藏室去了。最好嘛，是另請專家去佈置，可是大表哥卻那麼堅持要我去，我也只好硬著頭皮跟他去。

新房子在市區一座大廈裡。房間、客廳都是小小的，適合於新婚夫婦，我看了一趟之後，告訴表哥床應該放什麼地方、衣櫥、梳妝台又該放什麼地方。表嫂聽後，想了一下說：

「床不可以放這兒，這兒是面北，床是不能面北的。我想……」她轉一個方向，「還是放在這裡吧！」

我量一量尺寸，放下床頭櫃跟床，通路便被堵住。表嫂想了想說：「這樣吧，明後天請個風水先生來看看。」

表嫂既這麼說，我也不便再發表意見。再看看面西的窗門，想告訴表哥用藍色地毯和窗簾，再用黃色的床單；後來記起這是新房，該鮮豔一點，我就提議用草綠色的地毯，黃色的窗簾和床單。表嫂聽了又反對，說黃色太淡，應該用紅的，我心想用紅的，炎夏的日子裡這個房間怎麼樣待得下？

收回了那些不被採納的意見，我快快地回家。

表侄大喜的日子到了。媽以年紀大出門不方便為理由，不能到姑父那兒去幫忙。結果，我又被拉去幫忙，哥哥結婚時，我才十多歲，只見家人忙進忙出的，我可不知他們忙什麼。自己結婚時又是極簡單的，大可榮獲商總節約運動的金牌（假如有的話），所以結婚的什麼風俗禮節，我一概不知，叫我如何幫法？

到達新居時，裡面已經擠滿了人，某某嬸、某某姆、某某姨，她們在那裡吱吱喳喳地忙著，看樣子根本不需我插手，我溜進新房看看，一看就看到大紅的窗簾，朱紅的床單上擺了好多好多的嫁妝，難怪大家都不喜歡生女兒，說女兒是賠錢貨。

看看壁鐘，婚禮差不多快完成了，那些嬸姆們又開始忙了。我看到C嬸拿了一個火爐，裡面放了黑炭，還有一些紅的、黃的紙，更有一些草料似的東西。她把火爐拿到近新房的門口，在那裡升起火來，讓陣陣的煙霧充滿整個房子，我被煙霧嗆得咳嗽不

止，正想溜出大門口，卻聽說新婚佳偶來了。C嬸趕緊叫男家親人回避，免得「相沖」。

新人一進屋子，C嬸便指揮新郎新娘先後從火爐上跳過去。我問旁邊的人這是什麼意思，有人說大概是要新婚夫婦像火般的熱，又有人說要把一些邪氣給焚掉，這樣一焚，新郎新娘以後才會相安無事，過著甜甜蜜蜜的生活。

跳過火爐之後，新郎就抱著新娘入洞房。這種戲在西洋電影裡已是屢見不鮮，可是這趟卻是在道道地地的中國人家裡看到，真是另有一番感觸。

兩口兒一進洞房，大家就鬧著要他們擺些親親熱熱的姿勢來拍照。這時候C嬸端了一盤東西進去，一碗碗的，大概是雞蛋面線，紅湯圓，甜茶這一類的東西吧！我想想待在這裡也沒什麼意思，便告辭了。

晚宴時，我趁表哥沒看見，悄悄溜進酒樓，選了一個不惹眼卻又看得見貴賓席的角落坐下。好動的老二坐了不久，便站起來到處走動。待他回來時，手裡拿了三隻瓷造天鵝，上面烙上表侄兒跟新娘子的名和結婚的日期。我罵老二不該現在拿，他說：「人家都在拿，現在不拿，等一下可沒有了。」

婚宴上的切蛋糕，放鴿子，贈送特制紀念品，這不知是哪一國的風俗？年輕時赴喜宴並沒有看到這些玩意。再過幾年，待我家老大結婚時，花樣不知又將添多少？

喜宴過了一半，從鄰座傳來叮叮噹噹的聲響，原來是表侄的一些同學用匙叉敲著玻璃杯。同桌一些前輩在詫異，我驀地記起一位留美回來的朋友曾說過，這種叮噹聲，是要求新娘子當眾吻

新郎。我把這意思告訴了前輩，他們都睜大眼猛搖頭。有人說：
「新娘子都是羞答答的，這真是強人所難了！」話猶沒說完，新
娘已經站起來，輕輕地吻上新郎。掌聲陡然從四面響起，我也禁
不住拍起手來，新娘子的大方，確實很使我佩服。

　　歸途中，我一直在回想今天的婚禮和婚宴那些繁瑣的禮儀，
真像由不同酒類合成的雞尾酒，這種雞尾酒所混合的酒類將與日
俱增，或漸趨單純，又有誰曉得！

# 愛與規則

> 我們相愛，不要只在言語和舌頭上，總要在行為和誠實上。
> ——《聖經》

即使是自操場上反射過來，那午後的陽光還是顯得刺目、灼熱。我回頭囑咐兩個在用午膳的孩子，吃過午飯最好待在餐廳裡好好的溫習功課，可別到操場上去「野」。

十二點半，鈴聲又響了一陣，是上午班最後的一次鈴響，高年級的學生三五成群，背著沉重的書包自四樓下來，漸漸地，餐廳裡本來空著的座位也滿了，空氣也因而顯得悶熱、窒息。我把椅子拉到靠近窗口的地方坐下休息。

操場旁，課室外，我看到有幾個學生，一手捧著便當盒，一手盒著飯匙，蹲在屋簷下用飯。我回頭看看這小小的餐廳，實在容納不下成千的學生在此用飯，難怪會有那麼多學生或坐在石階上，或蹲在牆角處用午膳。上了那麼多鐘頭的課，好不容易才挨到放學，誰知放學後這一頓中飯，也不能好好享受，這是何等的受罪！我看了不禁有點心酸。

我默默地望著那幾個學生，突然有一個學生不知怎麼地，便當盒竟從手中滑落，飯菜打翻滿地。他趕緊站起來用手抓飯，放回便當盒裡。我「啊」了一聲，急忙站起來往外走。

那學生看見我，慌張地站起來說：

「老師，我……我……」

我微笑地告訴他沒關係，要他去拿把掃帚來。我幫他把地上的東西打掃乾淨。

「怎麼辦？」我問他。

「老師，我……」他抓抓頭髮，「不知怎樣，腳一軟，身體失去平衡，便當盒便掉了。」

「我不是說這個，我是說，你還沒吃飯，要怎麼辦？」

他聳聳肩。

「有沒有錢？」我問他。

他從褲袋裡摸出一塊錢來給我看。一塊錢，要買什麼？一個燒賣，或是半個燒包。我突然記起剛才老二有一塊炸雞腿沒吃。我示意他跟我到餐廳去，把那塊炸雞腿拿給他說：

「便當盒裡的飯髒了，你不要再吃。這塊炸雞是我帶來的，我的兒子吃了一塊，還剩下這塊，你將就點，拿去充饑。」

他看看我一直搖頭。我知道他不好意思接受，便把雞腿塞進他手中，要他拿去吃。他說聲謝謝，便又回到原處蹲在那裡吃。我看他蹲在那裡吃，心裡很不舒服。自己的兒子在餐廳裡坐得舒舒服服的，而他卻乞丐般地蹲在那裡啃雞腿。於是，我又走到他那邊去，打開他身後那課室的門，拿了幾張椅子給那些學生，讓他們坐著吃。我囑咐他們吃完飯，要把椅子放回原處，還有不要把飯菜撒滿地，他們都點頭，高高興興地坐下來用飯。

我回到餐廳，心裡感到很歡喜。難怪古人有話說：「助人為快樂之本。」我坐在那裡，想起主任開會時常提醒我們要效法基督的愛，愛學生、愛朋友，甚至於愛敵人。我雖沒基督的偉大；但這小小的愛的表現，我尚可做到。

就這樣，我每個中午都等著為他們打開課室，搬椅子給他們坐。他們也很守規矩，用後就把椅子放回原處。

又是個炎陽高照的中午，那幾個學生依舊坐在那裡「享受」他們的午餐。我在餐廳裡督促兩個孩子做功課。驀地，我聽見主任在餐廳外面大聲叫著：

「吳老師。」

我放下手中的圓珠筆，詫異地向她走去。這段時間，是校長、主任們休息的時間，今天不知怎麼竟然會出現。我站在她面前，她雙手叉腰，瞪著眼問我：

「是誰搬椅子給那些學生用？」

突然間，好多雙眼睛都往我身上看，令我感到赤裸裸似的站在那裡。我握緊拳頭，像要在一些家長及學生面前抓住我的自尊，第一次那麼高聲地回答她：

「是我。」

「誰允許你這麼做？」

「沒有人允許我，是我的愛心激勵我這麼做。」接著，我不理她的回答，一口氣把我搬椅子的前因後果說給她聽；但她還是堅持不許我擅自搬椅子給學生用。我怒視著她說：

「你們不是要我們以基督的愛心待人嗎？」

「學校的規則不許學生在這裡用飯，現在讓他們在這裡吃，已經是很寬容他們了，你還搬椅子給他們用！」說完，她頭也不回大步地走開了！

那天晚上，我躺在床上，久久不能入眠。學校的規則不能違背。但，我的愛心也不能沒視，該如何處理這種事呢？當我眼睜睜地盯著前面空白的牆壁時，突然記起《聖經》上有這麼一段記載：

　　有一個安息日，耶穌醫治了一個萎縮了一隻手的病人。有些人看見了，就要控告耶穌違犯了猶太人的法律。耶穌便對他們說：

　　「你們中間，有誰的羊在安息日掉進坑裡，而不把它拉上來的？」眾人聽了沒有回答。

　　耶穌接著又說：

　　「人比羊，哪一個貴重？所以在安息日行善是可以的。」

　　耶穌因著愛，違背了法律，我們當師長、主任、校長、校董的，難道就不能因著愛心，把學校的規則稍為變更一下，讓我們手下的學生，能過著一個身心愉快、健康的學校生活？

# 中國心

美國。加州。

打開門，孩子們把手中的包袱往地上扔。我聽見老大躺在長沙發上大聲地說：

「Home at last。」

回家了，這是孩子們的感覺。這是孩子們的家；卻不是我的家。我想告訴孩子，這不是我們的家，但年輕的孩子，他們聽得懂我的解釋嗎？

*　　　*　　　*

二十年前，為了實現我的理想，為了滿足自己的欲望，我道別了未婚妻，遠離了雙親，毅然地離開了生長的地方，來到這遙遠的異邦。

怎樣也忘不了在異邦的第一個冬季。雪還未下，我這個在常年皆夏的菲島長大的大男人，竟冷得縮著脖子，挺不起身來走路。從家裡帶來的寒衣抵擋不住異邦刺骨的寒風。獎學金又不夠我買件厚棉袍。那時候，人生地疏，又不知道有所謂二手貨的商店，幸虧神畢竟眷顧祂的子民，祂竟悄悄地為我預備了一件大寒衣。

那是一個黃昏，我剛買了兩個漢堡三明治回來要當晚餐，路經一條小巷，瞥見人家牆角處放了一大堆舊衣服。我走上前去，

隨便挑挑看，竟挑出了一件深藍色的棉襖，我如獲至寶地把它帶回家。這件寒衣就陪著我過了兩個冬季。現在，這件寒衣我還把它藏著，每次孩子們吵著要買些無關緊要的東西時，我便會把它搬出來，講講當年的辛酸史給他們聽。

有人在這所謂黃金國住得極舒服；也有人整日埋怨；而我似乎是屬於後者。我雖不曾埋怨生活艱辛，心中卻常有一份不悅。我搬了好幾次家，從這州到那一州；但是沒有一州使我滿意，最主要的是我總有一種被歧視的感覺。

猶記得在康城的時候，有一個黑人到醫院來。那天剛好是我值班，他一看見我，便問旁邊一位護士說：

「你們沒有白人的醫生嗎？」

我聽了之後，把長袖捲起來，把自己的手臂伸到他的眼前，然後大聲告訴他：

「你再看看清楚，是你的膚色白，還是我的膚色白？」

旁邊的那位護士轉過身去咪咪地笑著，而那位黑人卻睜著眼狠狠地瞪著我。

為了發泄心中的不快，我故意找了一枝較粗的針來給他打針，看到他被針刺痛的表情，我感到很痛快。但是，現在想起來，覺得那是很不道德的事。

＊　　　　　＊　　　　　＊

妻有一次去做全身檢驗，回來時氣憤憤的。我問她怎麼一回事，她說醫生取笑她說：

「從來沒見過這麼平坦的胸部。這是你們中國人的特徵吧！」

我問妻怎樣回答，妻說：

「我們可能有平坦的胸部，卻沒有你們那麼平坦的腦袋！」

妻不接受檢驗，也不付診金，大步踏出醫生的診室。

＊　　　　＊　　　　＊

妻的朋友愛仁是個「崇美狂」。什麼東西都是美國的好。我常取笑她，要她易名愛美。她到美國幾年後，便把頭髮染成金黃色。後來又到醫院接受隆鼻手術。她說這樣人家便不會一眼就認出她是中國人。我聽了向她搖頭又歎氣，腦海中浮起了這麼一句歌詞：

> 黑眼睛黑頭髮黃皮膚，
> 永永遠遠是龍的傳人。

我想告訴她，你頭髮染了，鼻子隆了，可是你的黃皮膚呢？

不久愛仁又進醫院，隆高的鼻子不適合她嬌小的臉孔，一年來鼻血流了好幾次，嗅覺也失去了靈敏，她只好又受「復原」手術。她「復原」後來找我們，我不禁把《龍的傳人》大聲地唱出來。

愛仁不好意思地笑了。我聽見妻唸了一節《聖經》：

> 「上帝所造的都是好的。」

這一次回馬尼拉，心中最大的目的是想讓孩子在眾多的親人中間悟出自己是中國人，讓他們多聽聽自己的鄉音，有朝回祖

國時，才不會把自己的家鄉當成異邦。可惜，在馬尼拉年輕的一輩，他們也迷失了方向，變成不中不菲的一小群眾，這是值得擔憂、值得悲歎的！

於是我又回美國。回到孩子們的家。孩子還年輕，不曾碰到什麼困難，體味不到父母心中的悲與憂，但是，我必須讓他們有個準備，假如有一天，有人伸出手跟他們比膚色時，他們該勇敢地回答，可千萬不要哭喪著臉跑回來。

妹妹給了我一個錄音帶，裡面有這麼一支歌：

河山只在我夢裡，
祖國已多年未親近，
可是不管怎樣
也改變不了我的中國心。
洋裝雖然穿在身，我心依然是中國心，
我的祖先早已把我的一切
烙上中國印。
長江、長城。黃山、黃河，
在我心中同前進。
不論何時，不論何地，
心中一樣的親。
流在心裡的血，
澎湃著中華的聲音，
就算生在他鄉
也改變不了我的中國心。

　　好一個中國心。我相信只要我的心還活著,我一定能把孩子武裝好。武裝他們,讓他們懂得如何在他鄉克服他們所將面對的困難。我更要讓他們知道:

　　洋裝雖穿在身,但祖先已把中國的印記,牢牢地烙在他們的身上,任你如何染髮、整容、易姓,也除不掉身上的印記,更改變不了那中國心!

# 小媚

　　心儀午睡醒來，坐起了身子，伸了個懶腰，才站起來，推開玻璃門，走到陽台去。站在三樓的陽台上，公園裡的一草一木盡在眼裡。下午三點鐘的公園一片寂靜，夏天的驕陽照得白石椅子都反射出刺眼的光芒，石椅子下面有幾隻貓兒在睡懶覺。

　　心儀退回房子裡，走進客廳，小媚在安樂椅上睡著。心儀拿起咖啡桌子上的遙控，按開電視機，選了自己喜歡的節目，就坐下來看。這時候，小媚聽見聲響，便跑過來偎在她身旁，陪她看電視。心儀一邊看電視，一邊輕摸著小媚的頭。也不知過了多久，心儀突覺小媚出奇的安靜，她低下頭看，小媚好像睡著了。她再細心一看，好像不大對勁，怎麼好像沒有呼吸呢！她叫了好幾聲，都沒回應。心儀可慌了。怎麼辦？家裡沒別人，送醫院，來不及了。怎麼辦？心儀立刻蹲下去，低下頭，對著小媚的口做起人工呼吸來。一次，沒反應。再來一次，有了。小媚動了。不久，小媚終於睜開眼睛來了。心儀高興得抱著她又親又吻。

　　第二天，電視台播放本地新聞時，街坊鄰居看到心儀和小媚接受訪問。

　　播音員說：今天我們要採訪一樁人工呼吸救了小貓兒的事件……

# 貝兒

　　柴可夫斯基的音樂輕輕地播放著，大會堂的舞台上燈光柔和，若蓮和她的朋友正坐在觀眾席上專神地觀賞著身材苗條的芭蕾女郎在台上曼舞著。這時，女招待員領著一位青年來到若蓮坐著的那一行。女招待員以手電筒向若蓮示意著。若蓮轉過頭一看，女招待員立即揮手要她出去。若蓮心悸了一下，向朋友低聲說了幾句，就彎著身離席，隨著招待員和青年步出禮堂。

　　一踏出禮堂的大門，若蓮向女招待道謝後，立刻問在她前面的青年：「肯尚，發生了什麼事？」

　　「媽，貝兒病了。」

　　「嚴重嗎？」

　　「不知道，我把肯勇和他留在醫院，然後就過來接你。」

　　一路上，若蓮有一種不祥的感覺。這幾天，貝兒的食慾大減，整天昏昏睡，給他服了些便藥，也不見有什麼進展。她轉頭看看正在開車的肯尚，他一臉的焦急，看來貝兒病得不輕。

　　肯尚為了避開塞車，一直往小路鑽，不多久，他們終於抵達醫院。靜寂的長廊迴響著母子倆跑往緊急室踉蹌的聲音。緊急室裡，肯勇站在病床的一旁，醫生在另一旁為貝兒檢查。貝兒閉著眼躺在病床上喘息著。若蓮伸出手一邊輕拍他的身子，撫摸他的頭，一邊叫著他的名字；可貝兒稍睜開了眼睛又閉上。醫生為他打針後，臉神凝重地對若蓮說：

「我給他打了針，也給他服了藥，二十四小時內，病情若沒有惡化，就能脫險了。」

「醫生，他得了什麼病？」

「肝炎。」

若蓮和兩個兒子憂鬱地望著貝兒。他們都默默地在祈禱，希望上蒼能盡快醫好貝兒。

「你們回去休息吧。」醫生對他們母子說。「我會好好看著他的。」

第二天，若蓮母子一大早又到醫院去，貝兒看起來還是像昨天那樣，若蓮要兩個孩子去上班，她自己就留在醫院守護。

二十四小時慢吞吞地過去，若蓮像坐針毯般地難受。她一次又一次地呼求上蒼保佑，但貝兒就是沒有好轉起來，最後，他們只好向貝兒告別了。若蓮的心如刀割般的疼痛，淚水不斷地流下來。十多年來，貝兒就像她的親生孩子一樣，如今就這樣失去了他。她真是捨不得啊！

他們把他安葬了，還在墳邊種了花。一個星期後，他們把雕好的墓碑安上。墓碑上刻著：

貝兒
與我們相處了十二年的愛犬
1992～2004

# 法律‧人情

一般當老闆的，都不喜歡員工們借錢，一來怕他們沒辦法還清，二來怕有些員工借了錢之後，就溜之大吉。因此一些員工，借不到錢，只好另想辦法。

在一家電腦公司工作的扶溜也遇到了這種難題，他的部下西門前些日子一直要他批准向公司預支的申請書，他名字是簽上了，但是會計部批准了兩次之後，就不肯再批第三次了；因此，這些日子來，總是看到西門愁眉苦臉的。

這天中飯過後，扶溜的上司召見到他的辦公室去，說是有重要的事要他去辦。扶溜聽到上司的指示之後，真是嚇了一大跳！西門在公司裡偷了價值將近十萬塊錢的零件，現在罪證俱全，總經理要他下班後和西門一道回家，向西門的家人解釋，然後再押他進牢。

一路上，扶溜的心情好沉重，和西門同事了那麼多年，對他的印象蠻好，他想不到西門會做出這樣的事情。他一直要西門解釋，但西門卻一句話也沒說，只是要求扶溜不要向家人吐露真相，要扶溜向他的妻子說公司要派他到外省去，短時間不能回來。

道路越走越窄小，越來越顛簸，兩旁是破爛的小木屋，許多流著鼻涕、髒兮兮的小臉一直在玻璃窗旁出現，過了一段時間，西門要扶溜把車停下，他們下了車，扶溜把車鎖好，就跟著西門

往前走。一路上都是泥濘，好幾個孩子在他的車旁轉著，四十多歲的扶溜，還是第一次走進貧民區。和他一樣膚色的兄弟，他們的生活環境相距何等的遠。

西門在一家非常破小的屋子停了下來，他輕輕地敲著門，很快的，一個三、四歲的小男孩來開門：「爸爸！爸爸！有沒有糖果？」那小男孩跑上前，張開雙手要爸爸抱。

「沒有，爸爸忘了買。」

扶溜敏感地覺察出他聲音的異樣；而扶溜本身也覺得很難受。他拍拍西門的肩，低聲地說：「你們慢慢談吧！」

他退出那狹窄的房子，不遠處有一個小攤販，他走向前去，看見有兩三種糖果，他不加思索地買了一大把，又快步地步回西門的家，把糖果塞進那瘦小的雙手，然後對西門說：「你慢慢和家人談吧！明天早上把當用的東西帶到我的辦公室來。」

回家的路上，他的心情都不能平靜下來，西門欲言又罷的神態，那充滿了渴望的小眼睛，那破陋的木屋，沒有了西門，木屋裡的人將如何生活？……明天，明天將如何向總經理交代？

第二天早上，扶溜到達公司時，西門手裡拿著一個小袋子，站在辦公室外面等著。他讓西門進了辦公室，然後一起坐在沙發上。扶溜雙手合十緊握，不知要怎麼開口，西門低著頭，呆望著手中破舊的袋子……

「謝謝你買給孩子的糖果。」還是西門先開口，我告訴我太太說公司要我到納卯去，大概一兩年才回來。你……可以送我進監牢了。」

扶溜望著他：「能不能把事情的真相告訴我？」

「沒有用了，我是偷了公司的東西，我應該受處罰。」

「我一向很信任你，我不相信你會隨便偷東西。告訴我，或許我還能幫助你。」

西門遲疑了一會兒說：「幾個月前，醫生發現我太太子宮有腫瘤，說最好盡快除掉，以免後患，我想醫生的話也有道理，所以就決定讓她去接受手術，誰知醫院費用，藥品等等把我的儲蓄全用光，更不幸的是，我太太一向身體虛弱，又要輸血，又要吃補藥，我向公司預支的錢都不夠，公司後來也不再讓我借錢，欠了醫院一大筆錢，我又沒親友可幫助我，不得已，只好偷公司的東西去賣，你知道，電腦這一類的零件很容易脫手的。

我太太出院了。現在，我銀行裡還有二萬多塊，就留給她和孩子用。往後的日子……就交給上帝了。」

「假如我向經理說情，你願不願意每個月從你的薪水扣除一部份來賠償？」

「當然願意！」那眼神突然明亮了起來。

三年後，西門終於還清他的債。

假如……假如扶溜那天堅持把她送進牢，那麼，西門那體弱的妻子，他那無知的孩子，現在會有甚麼樣的下場呢？

# 變態葉

「變」。言部。十六畫。手指一行一行地指下去。「變形」、「變故」、「變通」、「變相」、「變態葉」。手指停留在「變態葉」這一詞上。剎那間，她終於明白為何園裡那棵芒果樹，會有兩三片扭曲了的葉……

一

休息鈴響後，教員休息室又開始熱鬧起來。

吳碧玉倒了一杯茶坐在她的位子上慢慢地喝著。

「我班裡那個林偉雄真討厭。」她向旁邊的一位同事說。

「為什麼？」

「哎，上課的時候，總是坐不定，走來走去。叫他，他有時又不理你，真氣人。」

「小孩子嘛，你跟他氣什麼？我班裡像這樣的孩子多得很。幼稚園的學生，我們不能要求得太多。」

「你不知道，前天我才把他送到訓育室去。」

「為什麼？」

「我在教他們唸歌謠，他伏在案上睡覺。我叫他起來，他睜開眼睛看著我，又睡覺去，我就拉他到訓育室去。」

「四、五歲的孩子，下午總會瞌睡，你何必拉他到訓育室去。」

「是啊。」坐在碧玉後面的惠玲說。「又不是犯了什麼校規。要是我，就讓他去睡。你叫他起來，他也沒精神聽課，有何用？」

「照你這麼說，」碧玉轉過頭去。「如果全班都睡覺，怎麼辦？」

「如果全班都睡覺，那是老師講課有毛病，像你這樣睡覺就是帶他到訓育室去，我反對。」

「哼。」碧玉不悅地掉回頭來。「倒楣才抽到這麼一位學生到我班上來。」

惠玲還想說什麼，看到碧玉不歡的臉色，她只好作罷。

## 二

吳碧玉手拿著一張圖畫，笑嘻嘻地走進課室裡，班裡的學生都站起來向她道午安，碧玉也笑著向他們道午安。

「小朋友，今天，我要教你們唱一支新歌，好不好？」

「好。」

「很好，大家都坐好，用耳朵注意聽。」碧玉把手裡的圖畫展出，然後又問：「小朋友，你們看，這是什麼？」

「是蛋糕。」有一個學生說。

「是cake。」又有一個說。

「對。」碧玉說。「是蛋糕。我們什麼時候買這種蛋糕呢？」

「生日的時候。」

「是啊。你生日的時候，媽媽為你買蛋糕，有時爸爸媽媽，祖父，祖母，姑母或是舅舅，他們還送你很多禮物，是不是？」

「是，我爸爸給我laser gun。」

「我媽媽給我tiny candy的music box。」

學生爭著炫耀他們所收到的禮物，一時間，課室裡的那份安靜都被劃破了。

「好了，好了。」碧玉立刻制止學生們說下去。「大家安靜，讓老師再說下去。」

學生又安靜了下來。

「你們知道嗎？再過幾天，便是老師的生日，我們也要慶祝老師的生日，所以今天，我要教你們唱一支新歌……你們先聽我唱一遍，然後再慢慢學。」

老師老師真辛苦，
教我寫字和讀書，
我要做個好寶寶，
報答老師的功勞。

碧玉載歌載舞地唱了一遍之後，便逐句地教學生們唱。

# 三

林太太捧了一大堆的東西走進家裡。她在沙發上坐下休息一會兒，又把那些東西一件一件地拿出來。她每拿一件就思索著要送給誰。思索考慮了一番後，她便到書房裡去拿花紙來包。

這時候，林先生從樓梯下來，看到桌子上一大堆的東西，感到有些驚訝。

「你發財了？買這麼多東西做什麼？」

「送給老師的。明天是教師節。」

「什麼？買那麼多舶來貨送老師，你嫌錢太多沒處花啊？」

「要送就送得好看一點，別讓人家笑我們寒酸。」

「從前，我唸書的時候，從來就沒送過老師。聖誕節頂多送張賀年片。我的老子才沒那麼多錢讓我買禮物送老師。」

「人家都送，我們也該送一點。尤其是老大，書唸得那麼差，更不能不送，還有老四，他那個老師每次遇到我，總是說老四調皮，不聽話……」

「你說什麼？你想用東西去跟老師交換分數？」

「你怎麼說得這麼難聽？我是說，我們的孩子常常讓老師費心，送點禮物，表示慰勞。」

「慰勞，也無須送這麼貴重的東西。其實叫孩子多下功夫唸書，叫他守秩序，總比送東西好。」

「這些東西也不怎樣貴，現在舶來貨多得很。」

「不怎樣貴……這件衣服多少錢？」林先生拿出一件粉紅色的衣服來問。

「才兩百多塊。」

「唷，我的闊太太，人家兩百塊要買一星期菜，你還說不貴！」

「有的要三百多塊，才兩百塊，你嚷什麼？」

「那麼，沒有錢的學生要拿什麼來報答老師？」

林太太被問得一時竟不知怎樣回答。

# 四

　　碧玉剛踏進課室，學生們便一個個地走向前。有些爭著把茉莉花圈掛上老師的頸項，有的急著把手中的禮物拿給老師……不一會，老師的桌上堆了一小丘的禮物。碧玉看得心花朵朵放，裂開的口，差點合不上來。

　　「小朋友，謝謝你們的禮物。你們還記得我昨天教你們什麼嗎？」

　　「記得。」

　　「林偉雄，你記得嗎？」碧玉故意叫偉雄，因為她記得偉雄昨天並不注意聽，而且還在課室裡走來走去。

　　偉雄站起來，走到前面，向老師鞠個躬，然後說：

　　「Happy birthday，teacher。」

　　今天，偉雄的回答可真是出乎碧玉預料之外，本來想抓住點什麼來教訓他，現在只好說：：「很好，很好。」

　　偉雄這才回到座位去。這時候，碧玉走到鋼琴前，彈著《生日快樂》，學生們便高聲唱歌慶祝老師的生日。

# 五

　　碧玉兩手提著裝滿禮物的塑料袋，匆匆地走出校門。校門口停著一輛馬車，她跟車夫討好價，便搭上車回去。

　　馬車在滿是泥濘窟窿的路上蕩著。碧玉緊緊地抱著兩個塑料袋，唯恐禮物會被蕩掉似的。

「要命的路。」她想。「假如月球上的路也是這樣，我以後才不到月球去旅行。」

「嘭」，馬車軋過一個大窟窿，碧玉那些東西抱得更緊。

「喂，可不可以小心一點？」她向馬車夫說。

「太太，對不起，中午一場雨，街道上東一窪水，西一窪水，我不知道哪些是大坑，哪些是小洞。」

好不容易馬車才到達目的地。碧玉跳下馬車趕緊去按門鈴。

開門的是她那十五歲的女兒。

「媽，您回來了。」

「快，快向馬車夫接我的東西來。」

母女倆把東西抱進客廳裡，碧玉急急忙忙把東西一件一件拿出來。

「哇，媽，你哪兒來的那麼多禮物。」

「今天是教師節，這些東西是學生送我的。」

「媽，我的老師可沒你那麼多禮物。」

「別管你的老師，幫我打開禮物來看看，是些什麼好東西。」

母女倆四隻手忙著打開包裹，皮包、香水、布料、項鍊、手環……剎那間，那小小的客廳竟成了市場上的一個販賣攤。儘管她們那麼忙著看禮物，碧玉卻忘不了要看看送禮者的姓名。

「哇，好漂亮的衣服。」碧玉的女兒大聲地叫著。

碧玉抬起頭來，看到一件粉紅色的衣裙，領口袖口都繡上花。

「快拿來給我看。」她伸出手，接住那件衣服。「哦，看看是誰送的。」

「媽，是個叫林偉雄送的。」

　　碧玉看看衣領上的商標，上面寫著：「Made In Japan」。這時，她笑得好甜，就像孩子看到糖果那樣高興地笑著。她趕緊拿著衣服到臥室的落地鏡前去，把衣服貼在身上，在鏡子前面轉來轉去。驀地，她又皺皺眉，乾脆把房門關上，脫下舊衣，穿上新衣，然後又到鏡子前面左照照右瞧瞧。

　　「哼！真想不到這搗蛋鬼的母親會那麼闊氣。」她想起偉雄剛才向她鞠躬的樣子。「幸虧剛才我沒有罵他，要不然可真不好意思。」

# 六

　　第二天，課依舊如常地上著。林偉雄偶爾還是站起來走走，但碧玉似乎沒有注意到，所以孩子也沒挨罵。

　　下課鈴響後，碧玉幫學生整好隊，正想帶領學生出課室，忽然靈機一動，她回轉身叫著：

　　「林偉雄，到前面來。」

　　偉雄抬頭看著老師，不知老師叫他的用意何在，正在踟躕不前，碧玉又說：

　　「偉雄，來，你今天很乖，我讓你領隊出去。」

　　偉雄好高興地走向前。這是他很想做的事，以前老師常說他不聽話，不讓他領隊，今天他的心願終於實現了。他大步走到老師的身邊，碧玉接過他的書包，然後他兩手拉著前面的兩位小朋友，慢慢地走向校門口。

　　碧玉看那些學生散盡了，她才回教員休息室整理東西預備回家。

休息室裡已有四五位同事在那裡閒談。有人看到碧玉走進來，就大聲叫她：

「碧玉你今天這件粉紅色的衣服好美啊。」

「是呀，碧玉，你在哪兒買的？」

「是嗎？」碧玉說。「是昨天一個學生送的。」

「真漂亮！怎麼沒有人來送我一件！」

「是誰送的？」又有一位同事插上嘴。「希望明年編到我班上來。」

「是林偉雄。」

「林偉雄？就是你常說的那個調皮的孩子？我記得你曾把他送到訓育室。」

「其實，也不怎樣調皮。」碧玉一邊收拾學生的作業，一邊說：「小孩子嘛，總是坐不定的。這兩天，好像不再東走西逛了。」

惠玲在後邊冷笑著，但碧玉並沒注意到，她提起皮包預備回家去。

呼隆一聲，窗外一陣雷響，接著雨水傾盆而下。

「哎唷」，碧玉尖叫起來。「剛才還那麼炎熱，怎麼忽然下起大雨來了。」

「沒關系。」是惠玲的聲音。「這裡的天氣，變幻無常，說不定幾分鐘後，天又晴了。」她一邊說，一邊看著校園裡的一棵芒果樹，她很奇怪樹上怎麼會有那麼多變態葉……

# 彩券

## 一

林佳音彎下腰，握住學生的手，教他怎樣寫一個端端正正的「人」字。

「端端正正的人。」她想。「社會上有幾個端端正正的人？即使自己，也不怎樣端正。不過，只要不是歪三倒四的，也就對得起養育我的雙親，和教導我的師長了。」

有個人影停在課室門口。她抬起頭，是主任。她放鬆了手，挺起身來。要命的，腰又有點酸疼。五十位同學，才教了一半，就差點直不起身子來。當老師真吃苦。

她走向門口，主任手裡握著幾本小冊，站在那裡微笑著。

「林老師，對不起，打擾你。」

「沒關係。」

「我們今年要慶祝五十周年校慶，這是一本彩券，一共十張，每張三百元，你負責去賣。」

「什麼？三百元一張，叫我到哪裡去賣？」

「賣給班裡的學生。沒辦法，我們要慶祝校慶，也要籌款預備建築校舍。你向家長宣傳一下。才十張，沒什麼問題的。」主任說著就走向別的教室去了。

　　十張票，三百元。三百元可不是小數目。叫我怎樣向家長啟口？她拿住票，站在那裡發呆；竟忘了還有十多只小手正在塗著歪歪斜斜的「人」字。

＊　　　　＊　　　　＊

　　下課鈴響後，教員室漸漸地熱鬧起來。儘管上課時一直強調學生們要安靜，可是這些老師自己卻很少安靜過。雖說是下課了，這些老師的嗓門卻還未關上。

　　教員休息室裡這兒一堆，那邊一群，各有各的話題。今天休息室是更熱鬧了，雖然東一群，西一堆的，但話題卻是手裡的那本彩券。

　　林佳音一踏進休息室，就碰到施玉玲一手拉住一個學生，一手拿著彩券在那裡談話。那個學生只是微笑著一直點頭。一會兒，就看見玉玲拿起桌子上的原子筆在彩券上填著。佳音待學生走出教員室才向玉玲說：

　　「玉玲，你可真有辦法。好開市，竟賣了一張。」

　　玉玲笑嘻嘻地把彩券收進提包裡。「這些票可不能丟掉。」她說。「丟了，我可沒那麼多錢來賠。」

　　「就是嘛，這些票，比我們值錢。丟了的話，我們每個月四百塊底薪，加上五百多塊津貼費，要幾個月才賠得盡？」

　　「最少也得三個月；而且這三個月你還得束緊腰帶喝西北風。」

　　「所以這十張票可要收得好好的。如果有人要搶你的提包，你要捨命保護這十張票。」

　　佳音這句話使站在旁邊的一些同事都笑了。這時，佳音看見玉玲剛才那個學生又被另外一位老師拉進來。

　　「榮輝，你弟弟榮華在我班上，你回去告訴你父親，明天讓榮華帶三百元來向我買票。」

　　榮輝為難地笑著說：「老師，我已經有一張了。」

　　「我知道。不過那一張是你的，這一張是你弟弟的。」

　　「老師，一張三百元，我一張，弟弟一張，要六百塊錢啊！」

　　「六百塊在你爸爸來說，是沒有問題的。」那位老師撕下一張票，遞給榮輝。「這一張拿回去，三百塊錢明天讓弟弟拿來。告訴你爸爸，說不定第一、二獎的汽車都被你們拿去。」

　　榮輝抓一抓頭，無可奈何地拿著票走了。

＊　　　　＊　　　　＊

　　佳音躺在床上，兩隻腳擱在床頭上。站了一個下午，她必須這樣躺著來恢復足部的疲勞。她似乎很安靜地躺在那裡，但腦海中卻思索著如何賣掉那十張票。叫她強迫學生買，她辦不到。要她向家長開口，她又臉皮薄，不知從何說起。最好是叫銘堅拿到辦公室去解決。

　　樓下傳來銘堅的聲音。佳音靜靜地帶著他上樓來。

　　一會兒，銘堅已踏進臥室。他脫下襯衣，往衣架上掛。

　　「啊，好累。」

　　「銘堅，我們的彩券分出來了。」

　　「什麼彩券？」

　　「校慶兼募捐。」

「多少錢一張？」

「三百。我們每人負責十張。……老伴，幫幫忙，帶到公司裡去賣，好不好？」

「這種生意日趨下坡的時候，有誰肯買？」

「幫幫忙，告訴他們有三輛汽車可中！」

「除了抽獎，還有什麼節目？」

「什麼節目？」

「當然囉。慶祝校慶該有什麼表演，或者聚餐，這一類的節目。」

「沒有，什麼也沒有。」

「那就更難了。你去叫家長買吧！」

「我就是不想找家長。一找他們，就欠人一筆人情債，將來他們的子弟一有什麼不對勁，我們就得手下留情。」

「什麼手下留情，做老師應該大公無私。」

「我們做人不可忘恩，人家給了我們三百塊的恩，我們怎能不手下留情？不留情，後面閒話辱罵可不知有多少？……所以，為了不做一個忘恩負義的人，我不能叫我的學生買。」

「我也不能叫那些顧客買。今天叫他買一張，改天，你不愁他也來叫你買幾張。……這種彩票，現在可流行得很呢！」

「那麼我這些票要怎麼辦？」

「賣給學生算了。人情不必講，學學包青天，做一個鐵面無私的老師。」

談了那麼久，結果對象還是學生。真沒辦法。

吃過晚飯，佳音拿起學生名錄，坐在沙發上靜靜地研究著……剎那間，她感到自己是個強盜，在黑暗處窺伺著……

二

　　葉太太剛踏時家門，傭人便上前來說：「太太，剛才有一位姓林的打電話來，說她是保羅的老師。」

　　「噢？她有沒有吩咐什麼？」

　　「沒有。她說她會再打電話來。」

　　「知道了。你去休息吧。」

　　「一定是保羅在學校頑皮，不聽話，老師打電話來。」葉太太一邊上樓一邊自語著。

　　她打開保羅的房間，保羅已經睡得很甜，她不忍心吵醒他。她輕輕地在保羅額上吻了一下，就走向自己的臥室。

　　沖了涼，她坐在床上，打開一本雜誌來看。翻了幾頁，她轉過頭看看鬧鐘，已經十點十分。

　　「怎麼還不睡？」葉光生翻個身問她。

　　「等林老師的電話。不知道有什麼重要事找我。」

　　「幾點鐘了？」

　　「十點多鐘了。」

　　「這麼晚，大概不會再打來了。」

　　「不知道是不是保羅不聽話。這個孩子，被我們寵壞了。你看，在家裡，他誰也不怕。大概在學校也是這樣。」她又看看鬧鐘。

　　「睡了吧！明天到學校去問問不就知道了。光在這裡想有什麼用？」

　　葉太太扭熄了檯燈，靜靜地躺下，眼睛卻還是亮晶晶的⋯⋯

＊　　　＊　　　＊

葉太太匆匆吃過中飯，便陪著保羅上學。

在課室裡碰見了林老師，她微笑地走向前去。

「林老師，聽說你昨晚打電話找我。」

「是的。」

「我昨晚有應酬回來晚一點；可是我一直在等著你的電話。是不是保羅在班裡搗蛋？」

「不，不是。我是有點事想請你幫忙。」

葉太太疑惑地看著佳音。

「是這樣的，我們的學校想興建校舍，十二月慶祝校慶時，有四十多種獎品，我想請你幫忙，買一張彩票。」

葉太太露出一種難以猜測的笑意。

「多少錢一張。」

「三百。」

「三百？那麼貴。」

「首三獎是三輛汽車，還有冰箱，冷氣……」佳音拿出彩票，把後面獎品單給葉太太看。

「你隨便拿一張給我。」葉太太一面說一面拿出錢包，抽出三張百元鈔。「林老師，我們保羅在班裡怎樣？」

「保羅，不錯嘛。有時是調皮一點，不過男孩子一般都是這樣的。」

「林老師，他如果不聽話，你盡管打他好了。他在家是很不聽話的。」

「不會的，葉太太，你放心。」

「謝謝你，我走了。」她拿起皮包預備走了。「昨晚，我可很擔心啊！」

「對不起，讓你擔心。本來想再打個電話去的，但是，太晚了，我也不好意思打攪你。」佳音把葉太太送出課室。「謝謝你，葉太太，再見。」

「再見。」葉太太大步踏向校門。「早知道是要賣票，我就不來了。害我瞎擔心。」

## 三

靜安拿著課本溫習功課，一邊等著父親回來。好不容易才聽到汽車笛聲，靜安趕快跑到大門外迎接爸爸。

「爸爸，爸爸。」

「靜安乖。」他鎖上車門，回轉身來牽住靜安的手。「媽媽呢？」

「在廚房裡。」靜安抬起頭來，「爸爸，明天給我六百塊錢。」

「什麼，六百塊錢？」父女倆已經踏進客廳。

「六百塊錢，我要向老師買兩張票。」

「買什麼票？」

「老師說學校要建築校舍，需要家長來支持。我們英文老師叫我買一張，漢文老師也要我買一張。」

「傻孩子，爸爸哪來這麼多錢？」

「爸爸，老師說，買了票可以中汽車，冰箱，電視……什麼什麼的。」

「如果沒得獎呢？爸爸的錢就這樣飛走了。」

「老師說，沒得獎也不要緊，你的錢是花在我們的新校舍上面。」

「這樣吧，我給你三百塊錢，你明天早上拿去向英文老師買一張。」

「可是……漢文老師呢？」

「爸爸沒那麼多錢，買一張就好了。」

「那麼我向漢文老師買。」

「告訴你向英文老師買。」

「我喜歡漢文老師。英文老師好凶啊！我才不向她買。」

「叫你向英文老師買，你聽見沒有？」

「為什麼？」

「不為什麼。反正你聽我的話就是了。」

「我要向漢文老師買。」

「你不聽話，我就不給你錢。」

「那漢文老師呢？」

「你就告訴他已經向英文老師買了。爸爸沒那麼多錢買兩張。」說著，他拿了三百元給靜安，靜安把嘴一噘收起錢來。

＊　　　＊　　　＊

佳音跟玉玲兩個人相偕踏進校門，剛好碰見靜安在操場上散步。

「靜安！」玉玲叫著。

「老師好。」靜安乖巧地走來。

「靜安，你問過爸爸了嗎？」

「老師……」她臉上寫滿了不安。

「爸爸不答應？」

靜安點點頭。「爸爸叫我向英文老師買，他說……」

「噢，不要緊。老師不會生氣，你去玩吧！」

靜安看看老師的微笑才心安地跑開。

「向英文老師買！」玉玲不快地說著。

「你不是說老師不會生氣的嗎？怎麼生氣了？」

「我沒有生氣靜安呀。我生氣英文老師。」

「英文老師是早上的課，你是下午的課，時間上你已經輸了人家，還埋怨什麼！」

下課鐘一響，老師領著學生一班一班地走到校門口。平時，大門口總是擠滿了家長跟傭人，今天，家長似乎少了好多。

佳音跟一些同事站在一旁看著學生們散去。站在佳音左邊的美惠拉一拉她說：

「你看那個母親，她今天站在那麼遠等她的女兒。」

「咦，平時不是闖到裡面來的嗎？」

「平時我們不賣票，這幾天每個老師都眼睛睜得大大的在找對象，她怎麼敢進來？」

「怪不得，今天領孩子們出來時，我就覺得不那麼擁擠。」

「你看，那邊又有一個在揮手叫他的孩子了。」佳音順著美惠手指的方向看去，是有好多位家長伸長脖子，在那邊揮著手。佳音突然很想放聲大笑。

「早上，我路過這裡時，有兩位家長在我前面，有一個說：『這幾天，我可不敢進校門。』另外一個說：『我也是。我告訴

我的兒子，放學時，我在大門口等他。』『一張票三百元，要是倒楣碰到老師，那可真冤枉。』你看，我們這些老師是什麼？妖怪嗎？為什麼碰到我們就倒楣？真是冤枉！」

# 四

榮輝在停車場跟弟弟踢毽子。

一陣汽車笛聲使他們停住。「爸爸媽媽來了。」榮華說著趕快隨著哥哥跑到大樹下去拿書包。

才坐上車，榮華便大聲說：

「爸爸，明天再給我三百塊錢。」

「什麼！」握住駕駛盤的父親差點把車轉錯方向。

「英文老師叫我買票。」

「買票！買票！買什麼票！」

「就是我昨天帶回家的那種票。」七歲的孩子覺察不出爸爸的火藥味。

「告訴老師我沒有錢。」

「她說我們有汽車，一定有錢。」

「什麼汽車？一九七七年的汽車，又不是『款式』的，有錢個屁。告訴她，我們已經有四張了。」

「已經告訴她，我向漢文老師買了。她說：『你向漢文老師買，也要向我買，不然，不公平。』」

「不買，不買。告訴她我不買。」

「老師會生氣的。」

「生氣讓她生氣好了。」

「德民，」這時候，一直緘默的母親開口了。「你就再買一張吧。孩子在她班上，得罪不得的。」

「哼，再買一張，一共花了一千五百塊冤枉錢！……唉，商場不順利，支票滿場飛，還要跟這麼多老師應酬。人家欠我們的，千追萬討討不來。欠人家的，又天天來追我們。這些債，還應酬得來嗎？」

「先生，」一個微小的聲音自車窗外傳來。「做做善事，買一張馬票，星期天開彩，第一獎一百萬元。先生……」

德民猛踏油門，汽車驀地衝得好遠，留下是一陣令人窒息的烏煙……

# 後記

有一首聖詩這樣寫著：

> 神未曾應許，天色常藍，
> 人生的路途，花香鳥語；
> 神未曾應許，常晴無雨，
> 常樂無痛苦，常安無慮，
> 神卻曾應許，生活得力，
> 行路有亮光，作工得息，
> 試煉得扶助，主恩享受，
> 無限的體諒，愛疼齊全。

是的，人的一生不會是平平安安，順順利利的，沒有狂風暴雨，也有那細雨紛飛的日子。就因為有這些風雨，我們就更要珍惜那平順甜蜜的日子。

收集在這本書中的，不外是身邊的一些瑣事；生活中的一個個片斷，一次目睹，一次耳聞，或僅僅是一種感覺的描述。

本書第一至第三輯收集的是二○○五年以後的事，分為親情、雜感及旅遊隨筆。

由於這是我在台灣出版的第一本創作集，因此，我從以前出版的三本結集中選了幾篇自己認為較有水平的文章，組合成第四輯，以獻給台灣的文藝同好，盼望大家不吝指教。

303 ■

語言文學類　PG0475　菲律賓・華文風20

# 記憶林
## ——秋笛文集

作　　者/秋　笛
主　　編/楊宗翰
責任編輯/林泰宏
圖文排版/蔡瑋中
封面設計/蕭玉蘋

發 行 人/宋政坤
法律顧問/毛國樑　律師
印製出版/秀威資訊科技股份有限公司
　　　　　114台北市內湖區瑞光路76巷65號1樓
　　　　　電話：+886-2-2796-3638　傳真：+886-2-2796-1377
　　　　　http://www.showwe.com.tw
劃撥帳號/19563868　戶名：秀威資訊科技股份有限公司
　　　　　讀者服務信箱：service@showwe.com.tw
展售門市/國家書店（松江門市）
　　　　　104台北市中山區松江路209號1樓
　　　　　電話：+886-2-2518-0207　傳真：+886-2-2518-0778
網路訂購/秀威網路書店：http://www.bodbooks.tw
　　　　　國家網路書店：http://www.govbooks.com.tw
圖書經銷/紅螞蟻圖書有限公司
　　　　　114台北市內湖區舊宗路二段121巷28、32號4樓
　　　　　電話：+886-2-2795-3656　傳真：+886-2-2795-4100

2011年01月BOD一版
定價：360元
版權所有　翻印必究
本書如有缺頁、破損或裝訂錯誤，請寄回更換

國家圖書館出版品預行編目

記憶林：秋笛文集 / 秋笛著. -- 一版. -- 臺北市：秀威
資訊科技, 2011. 01
　　面；　公分. --（語言文學類；PG0475）（菲律賓. 華文
風；20）
　　BOD版
　　ISBN 978-986-221-675-0（平裝）


868.655　　　　　　　　　　　　　　　99022747

# 讀者回函卡

感謝您購買本書，為提升服務品質，請填妥以下資料，將讀者回函卡直接寄回或傳真本公司，收到您的寶貴意見後，我們會收藏記錄及檢討，謝謝！
如您需要了解本公司最新出版書目、購書優惠或企劃活動，歡迎您上網查詢或下載相關資料：http:// www.showwe.com.tw

您購買的書名：＿＿＿＿＿＿＿＿＿＿＿＿＿＿＿＿＿＿＿＿＿＿

出生日期：＿＿＿＿＿年＿＿＿＿＿月＿＿＿＿＿日

學歷：□高中 (含) 以下　　□大專　　□研究所 (含) 以上

職業：□製造業　□金融業　□資訊業　□軍警　□傳播業　□自由業
　　　□服務業　□公務員　□教職　　□學生　□家管　　□其它＿＿＿

購書地點：□網路書店　□實體書店　□書展　□郵購　□贈閱　□其他

您從何得知本書的消息？

　□網路書店　□實體書店　□網路搜尋　□電子報　□書訊　□雜誌
　□傳播媒體　□親友推薦　□網站推薦　□部落格　□其他＿＿＿＿＿＿

您對本書的評價：(請填代號　1.非常滿意　2.滿意　3.尚可　4.再改進)

　封面設計＿＿＿　版面編排＿＿＿　內容＿＿＿　文／譯筆＿＿＿　價格＿＿＿

讀完書後您覺得：

　□很有收穫　□有收穫　□收穫不多　□沒收穫

對我們的建議：＿＿＿＿＿＿＿＿＿＿＿＿＿＿＿＿＿＿＿＿＿＿＿

＿＿＿＿＿＿＿＿＿＿＿＿＿＿＿＿＿＿＿＿＿＿＿＿＿＿＿＿＿＿＿＿

＿＿＿＿＿＿＿＿＿＿＿＿＿＿＿＿＿＿＿＿＿＿＿＿＿＿＿＿＿＿＿＿

＿＿＿＿＿＿＿＿＿＿＿＿＿＿＿＿＿＿＿＿＿＿＿＿＿＿＿＿＿＿＿＿

11466
台北市內湖區瑞光路 76 巷 65 號 1 樓

**秀威資訊科技股份有限公司**　　　收

BOD 數位出版事業部

························································································

（請沿線對折寄回，謝謝！）

姓　　名：＿＿＿＿＿＿＿＿＿　年齡：＿＿＿＿　性別：□女　□男

郵遞區號：□□□□□

地　　址：＿＿＿＿＿＿＿＿＿＿＿＿＿＿＿＿＿＿＿＿＿＿＿＿

聯絡電話：(日) ＿＿＿＿＿＿＿＿＿＿　(夜) ＿＿＿＿＿＿＿＿＿＿＿

E-mail：＿＿＿＿＿＿＿＿＿＿＿＿＿＿＿＿＿＿＿＿＿＿＿＿